魔豆

魔豆

Priest of Light
光之祭司
6
vol.
香草—著

# 光之祭司

Priest of Light

6

目錄

丹尼爾
半精靈，弓箭手。
擁有空靈的外貌，卻個性彆扭，行事粗魯。
布倫特
龍族（火龍）。
冒險團隊隊長，高大健壯，沉穩又可靠。
Priest of Light
光之祭司
CHARACTERS

艾德
人族祭司。
體弱多病，但身懷強大的光明之力。
埃蒙
獸族（猞猁）。
活潑開朗，某方面卻很自卑。極有殺手天賦。
貝琳
獸族（獰貓）。
外表溫柔，性格卻頗為強勢。擅長各種武器。

# 01.
# 埃蒙的酒量

自從在這個新的時代甦醒過來以後，艾德便一直與冒險小隊一起行動。

他可以肯定地說，現在絕對是他加入這個團隊以來最熱鬧的時候！

此時的冒險者正在押送綁架犯，以及護送孩子們前往精靈森林的途中。

一開始，艾德覺得這些被救出的孩子全都是天使。相較於之前他所認識的妖精戴利，他們簡直乖巧得讓人心疼。

只是心疼不了半天，這些獲救的孩子在休息過後，很快便察覺到身邊的都是和善的好人，於是瞬間恢復了活潑好動的天性。

孩子們用行動來證明，你爸爸終究是你爸爸……咳！不對……證明孩子終究是孩子。

雖然精靈族的幼崽算是很乖巧了，不過依然不能免除孩子們都有的「十萬個爲什麼」，以及吵吵鬧鬧的嬉戲。

原本這些也不是不能忍耐，畢竟這些孩子吵是眞的吵，但乖也是眞的乖，活潑起來的時候的確讓人有些苦惱，然而還是非常可愛的。

可是，在昏睡著的雪糰與幼龍相繼醒過來後，情況卻開始不受控制。

雪糰還好，只是因爲可愛的模樣在孩子間引起了騷動，讓吵鬧程度上升一級。

但這些孩子都知道小鳥的脆弱，雖然鬧哄哄地對牠進行了圍觀，倒也沒有動手強行要抱。

也幸好獸族中兩頭幼崽都是狼族的孩子，對於追捕小鳥沒有太大的興趣，至少不用擔憂雪糰因爲他們的狩獵天性而有安全問題。

不過幼龍的甦醒，卻在車廂中造成了極大的混亂！

這頭小小、看似無害的幼龍醒過來後，便對車廂裡的人進行無差別攻擊！

而且完全無法溝通，與其說他是龍族的幼兒，不如說更像頭沒有智慧與人性的野獸。

就連之前一直抱著他、保護他的克莉絲汀，在幼龍的攻擊下也無法倖免。甚至因爲雙方距離最近，而成爲首要的攻擊對象。

大家一起擠在車廂裡，在這個狹窄的空間中彷如困獸鬥般，雖然冒險者的實力都比幼龍強大，然而幼龍速度卻不慢，加上體型瘦小、動作靈活，每次冒險者快要抓到他，他都像游魚一樣滑不溜丟地躲了開去。

同時，冒險者們還得費心保護其他孩子，這讓他們在抓捕幼龍上更感困難了。孩子們驚恐的尖叫聲，與幼龍示威的吼叫聲充斥著車廂，場面一片混亂。

艾德都覺得被吵得腦殼痛了，最討厭吵鬧的丹尼爾更是處於隨時爆發的邊緣。

直至在駕車的布倫特過來幫忙，直接用龍威把幼龍壓制得無法動彈，這場混亂才平息下來。

見幼龍如同野獸般的舉動，艾德有些明白爲什麼在幼龍能夠化成人形以前，龍族都不會把這些幼崽當族人看待了。

因爲幼龍實在太過凶猛，而且完全無法溝通呀！

當然有部分也是因爲龍族慕強的天性作祟，大概在龍族眼中，不夠強的幼崽自會夭折，只有強者才有資格成爲他們的族人吧？

雖然在艾德看來，把剛出生的孩子丟棄在野外自生自滅眞的有些過分，但每個種族都有各自的生活方式，艾德不認爲自己應該對別人的生活指指點點。

在布倫特龍威的壓制下，先前很狂暴的幼龍變得乖巧無比。他慵慵地降落在地上，不安地用翅膀包裹身體，縮成了小小的一團。

克莉絲汀看得很心疼，她早就把同樣被綁架進牢房的幼龍視爲小伙伴。加上幼龍體型小，之前又一直昏迷著，她更覺得對方弱小可憐又無助，自己身爲大姊姊，對照顧幼龍有了一種責任感。

小孩子忘性大，看到幼龍可憐兮兮的模樣，克莉絲汀很快便忘記了對方的危險性，上前溫柔地摸摸他。

所幸在布倫特的鎮壓下，幼龍沒有再次暴走，裝死似地動也不動。即使被克莉絲汀抱回懷裡，也像個不會動的洋娃娃般，完全沒有反抗。

布倫特解釋：「放心吧，有成年龍族在身邊發出威壓，他不會再搗亂了。」

看到布倫特這副微笑著的老好人模樣，再搭配被他嚇得瑟瑟發抖的幼龍作背景，實在怎樣看都覺得布倫特的笑容好腹黑呀！

斯柏林鎮與精靈森林之間相距不遠，要是加快速度趕路，一行人能夠趕在天黑以前到達目的地。

然而眾人經過商議後，都決定不急於一時。於是便乾脆放緩前進的步伐，並在黃昏時段就早早停下來紮營，養精蓄銳後再至精靈森林拜訪。

其實布倫特提出這個建議，也有顧慮丹尼爾心情的原因在。畢竟丹尼爾與精靈族的關係似乎有些複雜，因此他想給予對方調整心情的時間，能夠以最好的狀態回到家鄉。

果然，在眾人決定緩下前進的速度後，丹尼爾肉眼可見地放鬆了起來。不用立即趕回精靈森林，這大大緩和了丹尼爾心裡的煩躁。就連孩子們的吵鬧聲聽起來也沒有那麼討厭了。

丹尼爾實在怕了這些精力旺盛的孩子，即使他已經掛著「我很不爽」的表情，這群小崽子也沒在怕。特別是那些以克莉絲汀為首的精靈族孩子，總是熱情地往丹尼爾身邊湊，完全不怕他的冷臉。

因此在休息時，大家都圍著營火而坐，就只有丹尼爾躍到高高的樹枝上，完全不想再與那些吵鬧的小孩子有任何接觸。

不過丹尼爾對孩子們雖然沒有什麼好臉色，可容忍性卻很高。像之前在馬車車廂上，孩子們把他當大樹攀爬，丹尼爾也只是臭著一張臉默默地忍耐，任由孩子們爬到他身上。即使有孩子不小心扯下他一小束頭髮，丹尼爾也只是臭著臉把人抱開。

與不喜歡孩子的丹尼爾相反，其他人倒是滿喜歡與小孩子相處的。雖然有時候覺得孩子們過於吵鬧，但看著他們活潑可愛的模樣，嘴角也不由得勾了起來。

對孩子們來說，冒險者之中，他們最喜歡的人是獸族姊弟。

喜歡埃蒙的原因很好猜，因爲埃蒙本身就是個大孩子。與這群孩子同行後，埃蒙簡直樂翻了。他還直接化成了獸形，與孩子們在草地上撒歡。即使被丹尼爾嘲諷他智力倒退，埃蒙也只是樂呵呵地傻笑。

貝琳對待孩子時非常溫柔，怎麼看都是個充滿知性氣質的溫柔大姊姊，再加上小孩子天生比較親近女性的關係，因此也特別受孩子們的喜歡。

作爲祭司、渾身聖光的艾德也是親和力滿滿，然而他的人類身分卻讓這些孩子心生畏懼。他們都是聽著人類吃人喝血的傳說長大的，雖然經過相處後知道艾德對他們沒有惡意，但除了克莉絲汀與兩頭小狼外，其他孩子仍有些怕他。

同樣讓孩子們感到害怕的還有布倫特，這個性格和善的大個子因爲體格關係，對孩子們來說簡直就像個巨人，給他們很大的壓迫感。尤其目擊了布倫特使用龍威壓制幼龍的過程，孩子們懼意更深。只有欽慕強者的兩頭幼狼非常仰慕他，但也不敢在布倫特面前放肆。

與冒險者們相熟後，孩子們都沒有了一開始那種小心翼翼的乖巧。馬車停下來時，大人們忙著紮營，孩子們則在草地上奔跑互追，四處都是他們歡快的玩鬧聲。

然而玩著玩著，有孩子便開始想家了。

當其中一個孩子因爲想家而哭泣時，簡直就像在孩子間出現了什麼可怕的傳染病，所有人都迅速被感染了。不僅精靈族的孩子在哭，兩頭小狼也在悲鳴。

只有出生以來從沒有「父母」概念的幼龍一臉的莫名其妙，在幼崽中顯得格格不入。

彷彿只是一瞬間，歡笑聲便變成了吵鬧著要找家長的鬼哭神號。

聽著孩子們刺耳的哭喊聲，艾德無奈地在心裡吐槽。

「媽媽！我要媽媽！」

別哭啦，再哭我們也無法變出一個媽媽給你。

「嗚嗚，爸爸媽媽走丟了……」

正確來說，走丟的人是你。

「嗷嗚～～」

好吧這個無法吐槽，聽不明白兩頭小狼在嚎什麼。

如果說之前的玩鬧聲只讓他們覺得吵鬧，現在孩子們的眼淚卻讓冒險者們不知所措。

他們不懂怎樣哄孩子呀！

平常殺伐果斷的冒險者，面對哭泣的孩子卻是一個頭有兩個大，只能笨拙地安慰著他們。

原本這天的晚餐是由布倫特負責，現在都交給了丹尼爾。他們試圖用美食來安慰孩子們，然而成效卻不大。

怎麼說呢……這些孩子不是傷心得飯也不吃，而是邊哭邊吃，完全沒有因爲美食而停止哭泣。

即使丹尼爾的廚藝未能讓孩子們完全忘記父母不在身邊的悲傷，但他烹調出來的美食眞的太香了，至少吸引到孩子們願意多吃一點。他們邊哭邊吃的模樣實在讓人又是心疼、又是好笑。

這種哭鬧吃飯兩不誤的技巧，也是令人歎爲觀止了。他們斷斷續續地哭了快一個小時，實在讓人難以相信這麼小的身軀，到底哪來這麼多的水分？

另外眾人也發現攬過了煮食任務的丹尼爾，故意沒有準備囚犯的晚餐。大家對此都很有默契地假裝沒看到，默許了丹尼爾的作爲。

反正少吃一、兩頓又不會餓死，省得這些傢伙吃飽了有力氣反抗，就讓他們餓著好了。

何況誰也看出丹尼爾與奧布里不和，讓他為對方烹調晚飯也太委屈丹尼爾了。而且，得罪誰也不能得罪大廚呀，丹尼爾的廚藝這麼好，要是一生氣不肯煮了，損失的還是他們自己。

不久，這些孩子都哭累了，一個個圍著營火直接睡倒，令人哭笑不得。

小孩子真是很奇妙的生物，累了便能夠瞬間睡著，完全不在乎場合，不知道的人還會誤以為是在他們的晚餐裡下了安眠藥呢！

把睡得東倒西歪的孩子安置到帳篷後，大人們總算迎來了安靜的私人時光。

埃蒙開玩笑地說道：「他們完全睡死了呢！即使抱起他們放入帳篷的時候也沒有醒過來。有幾個孩子還迷迷糊糊地說夢話，簡直像喝醉了一樣。」

一旁的諾亞一直在發呆，聽到埃蒙說到「喝醉」這個詞，他眨了眨迷茫的雙目，突然從空間戒指裡取出一個很大的玻璃瓶。

隨著諾亞的動作，玻璃瓶裡琥珀色的液體晃了晃，在火光下泛起一片帶著蜜色的金黃。

諾亞向埃蒙推介：「你是想喝酒嗎？正好我這裡有，是我用精靈森林特有的果實釀製的，在別的地方絕對買不到。」

眾人看著諾亞從空間戒指裡取出的一大瓶果酒，眼神複雜。

該怎麼說呢……經過接觸，大家都知道諾亞就是個話很少的社恐少年，然而白色使者的名聲太響亮了。因此在艾德他們的心目中，諾亞還是那個不食人間煙火的小仙男！

即使社恐，也是個社恐的小仙男！

然而清新脫俗的諾亞，怎麼會是個隨身帶著這麼大瓶酒的酒鬼？

身爲小仙男，你不對勁！

看到所有人都愣住了，諾亞不解地歪了歪頭，問：「不喝嗎？」

說罷，便要把果酒收回去。

埃蒙連忙伸手按住酒瓶：「喝！我想喝！」

開什麼玩笑！小仙男……不！使者大人親自釀的酒，一聽便很珍貴了，我怎會不想喝!?

諾亞被埃蒙激烈的反應弄懵了。原來這孩子這麼喜歡喝酒嗎？

貝琳不贊同地說道：「埃蒙，你別喝了，難道你忘記自己喝一杯便會醉的體質了嗎？」

埃蒙小時候曾偷偷喝過獸王的酒，只是喝了一杯就意識不清，還跑到外面發酒瘋，他們攔也攔不住。

鬧了大半天後，埃蒙整整昏睡了一天。昏睡的時候怎樣也弄不醒，簡直就像死掉了似地，當時可把貝琳嚇壞了。

自此他們一家便不允許埃蒙再碰酒，更不幸的是，那次埃蒙鬧的動靜有些大，事情傳開後，他頓時成爲了族中的笑柄，被族人取笑許久。

聽姊姊提及自己的黑歷史，埃蒙瞬間羞得滿臉通紅。雖然他也有點擔心自己會再次發酒瘋，可那時候他的年紀還小不是嗎？

埃蒙覺得自己現在已經是個成熟的男人了，酒量應該比以前更好了……吧？

這個無論是家裡、還是冒險小隊中年紀最小的成員，在必要時很懂得利用年齡的優勢。只見埃蒙雙手合十，用著撒嬌的語氣試圖軟化貝琳：「就一杯……不！就半杯好嗎？貝琳，拜託～」

不得不說，貝琳就是吃親弟這一套。面對著試圖賣萌過關的埃蒙，貝琳明顯動搖了：「可是……你答應過母親，在成年以前不會再喝酒的……」

雖然依舊拒絕，但埃蒙察覺到貝琳話語間已經鬆動，他再接再厲地懇求：「我們不告訴母親不就好了嗎？好嘛，貝琳。」

貝琳心裡天人交戰，埃蒙在她身邊繞來繞去，爲了喝口酒不停地撒嬌賣萌。

艾德看著這對姊弟的互動，腦海中不由得浮現以下的畫面：

小猞猁撒嬌地湊上去，被小獰貓一爪子拍開。

小猞猁不死心地再上前，小獰貓默認牠的親近。

小猞猁蹭蹭。

小猞猁黏毛。

小獰貓軟化了。

兩隻貓咪貼貼。

艾德：「……」

好萌！鼻血差點流出來了！

自從見過獸族姊弟的獸體，特別是幼貓形態後，艾德便總對此念念不忘。很多時候看著獸族姊弟相處時的模樣，都會不自覺地在腦中想像成兩隻貓咪。

艾德一直很喜歡小動物，小時候安德烈還曾經送過一隻小貓給他，可惜艾德對貓毛過敏。只是短暫的玩耍與相處沒什麼，但長期待在同一個空間的話，他便會因爲過敏而咳得喘不過氣來。

安德烈只得把小貓送給朋友飼養，並且堅決不讓艾德再養貓了。

後來見艾德寂寞，安德烈便送了一隻鸚鵡給他當寵物。說來也神奇，鳥兒的羽粉反倒不會讓艾德過敏，只有貓咪與他沒有緣分。

雖然艾德覺得小鳥也很可愛啦，一點兒也不比貓咪差，不過越是得不到便越想念，不能養貓實在是他人生中的一大遺憾。

然而現在四捨五入，他也是有貓的人了！

看到埃蒙這麼渴望，艾德忍不住為他說好話：「這裡就只有我們，即使喝醉發酒瘋也沒關係，就讓埃蒙喝吧！」

布倫特也道：「反正我是千杯不醉的，就由我來看著那些綁架犯，你們儘管輕鬆一下，即使喝醉也不要緊。」

諾亞也小聲說道：「果酒度數很低，不容易醉的。」

看到這麼多人為埃蒙說話，貝琳心裡很是欣慰。當年那個孤獨的小男孩，現在已經有很多朋友了呢！

心裡為埃蒙高興，貝琳也終於鬆口了。

埃蒙歡呼了聲，便殷勤地為大家倒酒。

除了答應過只喝半杯的埃蒙，艾德也因爲身體的關係只喝了一小口嚐嚐味道，其他人都是一杯一杯地喝。

諾亞釀的果酒非常容易入口，酒香中還有著一種很特別的水果香氣。諾亞說那水果除了能夠釀酒外，直接食用也非常香甜美味。這讓艾德非常嚮往，想著到精靈森林後一定要試試。

雖然埃蒙信守承諾，的確如他允諾般沒有喝多，不過結果卻不盡如人意。

總而言之，埃蒙的名字可以從「一杯倒」，改名成「半杯倒」了。

看著坐倒在地上、明顯醉得不輕的埃蒙，諾亞瞪圓了雙目：「這不可能！我沒有騙人，果酒的度數眞的很低，族裡的孩子都可以喝啊！」

丹尼爾嗤的一聲笑道：「這說明埃蒙連族裡的小鬼也不如。」

布倫特也很驚訝，他本人素來千杯不倒，除非是特別烈性的酒，不然喝多少對他來說都沒有什麼區別。實在難以明白這種像果汁般的果酒到底爲什麼能夠喝醉人，而且是只喝半杯便醉！

曾經見識過埃蒙酒量的貝琳卻已有所預感，她苦惱地揉了揉太陽穴，苦笑道：

「要開始了。」

眾人：「嗯？」

開始？

開始什麼？

只見埃蒙迷迷糊糊地站起來，並開始了他的表現。

埃蒙突然像蛇般扭動了起來，也許因爲貓貓本就是液體做的，他彷若無骨般扭出了令人驚歎的角度，動作還特別的妖嬈。

然後埃蒙開始唱歌，只是因醉酒而大舌頭的他，讓人完全聽不出到底是在唱什麼鬼。

再然後……在音樂的助興下，他便脫起衣服來……

所有人都震驚了！

諾亞滿臉通紅，然後瞬間消失了身影。彷彿只要自己不現身，便能夠忽略是自己的果酒造成了這尷尬的狀況。

布倫特摀住額頭，詢問貝琳：「所以上次他喝醉後，也是這樣嗎？」

突然明白爲什麼獸王要求埃蒙禁酒了！

貝琳搖了搖頭，實話實說：「不，上次他沒扭得這麼帶勁。」

說罷，貝琳又補充：「經過各種冒險者的訓練後，埃蒙能做出的動作更多了，又扭出了一個新的高度。你與丹尼爾眞的是很好的老師，這都是你們的功勞呢！」

布倫特：「……」

他該說「謝謝」嗎？

至於同樣被貝琳提及的丹尼爾，卻沒有理會二人的對話。只因他此刻非常忙碌，正忙著用留影水晶把埃蒙的舞姿記錄下來。

混亂中察覺到丹尼爾的惡行，艾德心裡大爲震撼。

別這樣！

做人留一線，日後好相見啊！

此時貝琳也察覺到丹尼爾的舉動了，於是她便向對方說道：「錄完以後，記得借給我備份。」

艾德：「……」剛剛還以爲貝琳會阻止的自己，果然還是太天眞了。

埃蒙完全不知道有人正在記錄著他的黑歷史，依然一直扭、一直脫。他身上的衣服不算多，很快便把上半身的衣服脫光了，那雙萬惡的手開始伸往下面……

艾德：「！！！」

就在這個緊張的關頭，孩子們睡覺的帳篷卻傳來了動靜，克莉絲汀揉著眼睛、睡眼惺忪地走出來：「我聽到有人在唱歌……」

布倫特幾乎瞬移地來到克莉絲汀面前，用自己健壯的身軀來遮擋她的視線。

丹尼爾「嘁」了一聲，心不甘、情不願地停下了錄影，從空間戒指裡扯出一張被子往前一甩，將埃蒙整個人蓋住了。

貝琳上前，一個手刀把在被子裡掙扎的埃蒙敲暈。

「沒有人唱歌啊，妳是在作夢吧？」布倫特溫柔地抱起克莉絲汀，把人重新安置回帳篷裡。

目擊了整個過程的艾德：「……」

你們為什麼這麼熟練呀!?

無論如何，埃蒙的面子總算保住了，可喜可賀。

# 02.
# 獨角獸

第二天一早，營地便充斥著二人痛苦的呻吟聲——來自埃蒙與艾德。

埃蒙昨天鬧了一個晚上，雖然貝琳把他敲暈後安靜了一會兒，然而卻在半夜醒了過來。

只是人雖然醒了但酒未醒，依然醉醺醺的埃蒙一直在鬧。爲免他眞的把自己脫光光——其實丹尼爾他們不介意看好戲，只是怕嚇到孩子而已——他們乾脆用被子把埃蒙捲在裡面，然後用麻繩綁起來。

早上埃蒙醒過來時，驚見自己被被子綑綁住，只能像毛毛蟲般在地上扭動。他努力回憶著醉酒後的記憶，然而卻是一片空白，什麼也想不起來。

聽到埃蒙的呼喊，貝琳便進來爲他解開麻繩，並且還很好心地解答了他的疑問，包括昨夜他大跳脫衣舞的壯舉。

說罷，貝琳還笑著補充：「你想看的話，丹尼爾有用留影水晶錄影了呢！」

埃蒙聞言整個人都不好了。

現在殺人滅口還來不來得及!?

啊啊啊到底爲什麼我喝醉後會這麼風騷呀？

早知這樣，就不喝酒了！

在埃蒙懷疑人生的同時，艾德同樣也後悔著昨晚的貪杯。

雖然艾德沒有喝醉，然而體弱的他睡醒後，卻還是免不了各種宿醉的徵狀。

與埃蒙一起「啊啊啊」地抱頭痛苦呻吟的艾德，對於自己的弱雞體質非常絕望。

明明他只喝了一口酒而已，爲什麼呀!?

幸好諾亞看他們這麼辛苦，便用自然之力催生了一種能夠解酒的果實，二人吃過以後，酒後的不適立即舒緩了不少。

此時孩子們都起床了，眾人熱熱鬧鬧地吃過早飯後，便繼續前往精靈森林。

上車時，丹尼爾不忘再把幾個醒過來的俘虜打暈，只能說俘虜沒人權，所以別想不開去當人口販子。

因爲目的地已近在咫尺，再加上今天天氣很好。於是大家都放慢了前進的速度，欣賞著沿途的風光。

生命之樹的存在，令精靈森林充斥著濃郁的自然之力，更孕育了不少神奇又獨特的物種。即使他們還未眞正踏入精靈森林的範圍，已經能夠感覺到森林的環境漸漸變得不同了。

隨著與精靈森林越發接近，四周植物變得更加翠綠，充滿著豐盛的生命力，還開始出現一些眾人從沒見過的植物。

因爲精靈們茹素，這裡的人都不會獵捕小動物，甚至還與牠們很親近，所以森林裡的小動物不怕人。牠們好奇地看著這輛進入森林的馬車，完全沒有任何躲避與警戒。這在其他的地方，是難得一見的奇景。

就連空氣也彷彿與外界不同，特別讓人心曠神怡。甚至陽光也似乎燦爛了幾分，越是接近精靈森林，這種神奇的感覺便越是明顯。

然而對於小孩子來說，再美的景色也未能對他們有多大的吸引力，在車廂玩鬧了一會，搖搖晃晃中，孩子們相繼睡著了。

冒險者們見狀不由得相視而笑，明明不久前這些孩子還在精力旺盛地吵吵鬧鬧，可現在卻睡得像一頭頭小豬似的。

孩子們睡著後，車廂變得安靜下來，眾人也樂得輕鬆，感受著這難得的寧靜。

直至一種非常夢幻的生物出現在冒險者眼前，他們再也無法淡定了。

是一群獨角獸！

原來不知不覺間，眾人已正式進入了精靈森林的範圍。無論是艾德、布倫特，還是獸族姊弟，都是第一次看見這種只生活在精靈森林裡的美麗生物。即使是丹尼爾，也只曾經遇見過幾次而已。

於是眾人乾脆把馬車停下來，紛紛下車看看這些難得一見的靈獸。

獨角獸通體雪白，外形有些像高大的白馬，只是牠的體型比馬匹更加修長優雅。額上長有一支螺旋狀的犄角，與鬃毛一樣泛著淡淡的光芒。

別看這種優雅又美麗的生物看似脆弱，其實獨角獸實力絕對不低。牠們是風的寵兒，不僅奔跑速度很快，而且犄角非常鋒利，傳說連龍鱗也能貫穿。

幸好獨角獸的脾氣很溫和，只要沒有冒犯牠們，一般不會主動攻擊人，甚至願意讓看得上眼的人騎到自己背上。

想到這裡，艾德頓時蠢蠢欲動。

不知道傳說是不是眞的呢？

如果是眞的話，說不定自己可以嘗一嘗騎獨角獸的滋味？

於是艾德小心翼翼地上前，因爲擔心自己的動作驚擾到這些美麗的生物，因此艾德沒有走得太近，而是保持著一定的距離向牠們伸出了手，先觀察一下牠們的反應再說。

獨角獸群被艾德的動作吸引，有幾頭好奇心特別重的往艾德走去，並且嗅了嗅艾德伸出的手。

近看更加讓人心動了，獨角獸的雙眼水汪汪地映照著自己的模樣，牠們的眼睫毛好長啊……眞是好美的夢幻生物！

察覺到獨角獸對艾德態度友善，丹尼爾挑了挑眉，對這個物種比同伴多幾分了解的他，好心地建議：「獨角獸喜甜，你可以給牠吃糖。」

艾德聞言，連忙從空間戒指中取出幾枚糖，這還是當時爲了哄戴利而儲起來的糖果。只是艾德的病弱體質不能多吃，每次吃糖後總會咳嗽好一段日子，於是與戴利分別後，這些糖果便一直存放在空間戒指裡。

與克莉絲汀他們同行後，艾德大部分的糖果都用來哄孩子了，自己只留下一小部分，正好可以用來餵獨角獸。

獨角獸們果然立即被艾德取出的糖果吸引，艾德把糖果平放在掌心，其中一頭獨角獸上前，凝望了艾德好一會，終於在他屏息靜氣的等待下，垂頭把手心的糖果吃掉了！

艾德藉機摸了摸獨角獸，對方安靜地任由艾德觸碰。一旁的獸族姊弟羨慕萬分，艾德見狀，便遞上了糖果，問：「你們要試試嗎？」

貝琳與埃蒙異口同聲地回答：「要！」

於是很快地，三人都藉著糖果與獨角獸混熟。

丹尼爾注視著眼前和樂融融的場面，特別是獨角獸沒有避開貝琳與埃蒙的觸碰時，便在心裡下了一個結論。

都是「純潔」的人啊！

傳說中獨角獸是純潔的象徵，同樣，牠們也喜歡純潔的人。

這裡指的「純潔」不是高潔的靈魂，而是身體的純潔。

簡單來說，獨角獸喜歡處子，也只讓處子接觸牠們。

丹尼爾假咳了聲，也上前摸了摸其中一頭獨角獸。精靈族與獨角獸同樣是精靈森林裡獨有的生靈，獨角獸顯然對丹尼爾這個鄰居的態度更加友善，不須用糖果來討好牠，牠便溫順地任由丹尼爾撫摸。

艾德等人見狀，頓時露出了羨慕的神情。

同伴們的羨慕眼神顯然讓丹尼爾很受用，他想了想，輕聲詢問眼前的獨角獸：「我們要前往精靈森林，願意載我們一程嗎？」

見獨角獸沒有露出抗拒的模樣，丹尼爾隨即俐落地翻到獨角獸背上，一番動作引起艾德與獸族姊弟的驚呼。

丹尼爾坐在獨角獸上，居高臨下地對他們說道：「你們也可以試試看。記得不能勉強牠們，先禮貌地詢問願意親近你們的獨角獸。」

三人聞言連忙點頭如搗蒜，他們依照著丹尼爾的示範，很快便各自找到願意帶他們到精靈森林的獨角獸。

坐上獨角獸背部的艾德，覺得自己簡直像在作夢一般。想不到竟然有天能夠與這麼夢幻的生物如此接近，這次的經歷足夠他吹一輩子了。

看三人興高采烈的模樣，諾亞顯露出身影，並坐上了駕駛席，向觀賞著獨角獸，卻一直未有行動的布倫特建議：「既然獨角獸們願意帶你們一程，那便不要錯過這難得的機會，馬車就由我來駕駛好了。」

白色使者非常受到森林中所有生靈敬重，對諾亞來說，騎獨角獸並不是什麼新鮮的事情，因此他自薦當馬車駕駛，讓布倫特可以好好遊玩一番。

然而布倫特卻搖了搖頭，道：「不用了。」

諾亞以為對方不好意思把駕車的工作推給他，正要繼續勸說，便見布倫特往獨角獸的方向行了幾步。

感覺到布倫特的接近，獨角獸們竟然都嫌棄地退了開去，好像看到什麼髒東西似的。

這異狀立即引起艾德等人的注意，三人震驚地瞪大了雙目。

獨角獸不讓布倫特接近牠們，豈不是代表……

布倫特已經不「純潔」了？

我們之中出現了叛徒！

雖然……以布倫特的年紀，這其實不應該是如此讓人驚訝的一件事情。只是布倫特的性格實在太老實了，平常總也是一副不近女色的模樣，怎麼看都不像有經驗的樣子啊！

布倫特的存在，讓冒險小隊擺脫了全民皆處的狀況。

即使被所有人注視，布倫特的「老幹部」氣質依然不崩，淡定地甩動韁繩，讓馬車繼續行走。

艾德他們沒有在獨角獸身上佩戴任何馬具，所幸牠們的風系屬性很好地保護著背上的人，艾德幾人即使沒有任何騎乘裝備也能夠坐得穩穩的，完全不用怕摔下來。

獨角獸有著很高的智慧，看到馬車開始前進後，便自覺地跟隨著馬車行走。

而且獨角獸們顯然很喜歡艾德幾人，不僅願意載他們一程，還特意載著他們奔跑了一圈。

第一次感受到獨角獸的速度，艾德與獸族姊弟都震驚了。雖然早已知道牠們是奔跑速度很快的生物，可是真正坐到牠們背上親自感受這種極速又穩定的感覺時，才能夠明白獨角獸的速度到底有多快！

有著出色動態視力的獸人還好，艾德則完全看不清楚四周倒退的景色。然而在風元素的保護下，坐在獨角獸背上卻是非常平穩，感覺真的很神奇。

眾人進入精靈森林的範圍不久，便有一隊精靈族的衛兵迎了上來。

這些精靈衛兵的頭領顯然與布倫特是認識的，他熟絡地與布倫特打個招呼後，還向獨角獸們揮了揮手。在看到坐在獨角獸背上的丹尼爾時愣了愣，禮貌地向對方點了點頭。

「你好，傑瑞德，很久不見了！」布倫特也與對方打了個招呼，看起來彼此關係不錯。

艾德看到丹尼爾與族人生疏的互動，有些恨鐵不成鋼，覺得相較於丹尼爾冷冰冰的模樣，布倫特的反應更像對方的同族啊……

不過艾德並不會多嘴什麼，每個人都有自己的生活模式，把自身的想法強加在別人身上，顯然是非常無禮的一件事。

在傑瑞德與布倫特打招呼的時候，又有一隊精靈族隊伍經過。他們神色凝重，看到布倫特幾人時面露警惕，卻很快從傑瑞德的態度中得知冒險者們是友非敵，隨即消除了敵意，急匆匆地離開。

傑瑞德帶著歉意說道：「抱歉，最近精靈族有幾個孩子失蹤，所以大家都對外來者比較敏感。」

布倫特訝異地詢問：「你們還不知道嗎？」

傑瑞德不明所以地反問：「知道什麼？」

布倫特沒有立即回答他，而是向丹尼爾投以不贊同的眼神。

丹尼爾心虛地移開了視線，假裝沒有察覺到布倫特在看自己。

布倫特見狀，頭痛地揉了揉額角。他本以爲在救出孩子們以後，丹尼爾自會通知族人，想不到對方卻完全沒有與精靈族報備。

其實丹尼爾心裡也很無奈，他與族人關係很不好，特別是與精靈女王相處時，更有種尷尬感。該怎麼說呢……精靈女王不是對他不好，相反地，對丹尼爾這個妹妹唯一的血脈親人，精靈女王還是很寬容的。

同樣，丹尼爾對這位眞心疼愛自己的長輩是很敬重的。

只是無論是精靈女王還是丹尼爾，雙方都是倔強又強勢的人，不知道該怎樣耐著性子與對方親近。結果相處起來往往就變得公事公辦，偶爾想說些關心對方的話，還會有種彆扭的尷尬。

加上這次的事件有白色使者參與，丹尼爾覺得諾亞會通知精靈族，便沒有向精靈女王報告了。

結果，諾亞卻沒有如丹尼爾所想般地行動。

諾亞想著丹尼爾與精靈女王是血脈親人，雙方的關係自然比自己親近，於是理所當然地認爲丹尼爾自會通知精靈女王，因此他也就沒有再多此一舉地進行匯報。

誰知道丹尼爾同樣抱持著對方會通知族人的想法，最後造成了精靈族至今仍被蒙在鼓裡，爲了尋找失蹤的孩子而焦心奔波。

布倫特看著丹尼爾眼神閃躲的模樣，心裡十足無奈。只得當起解釋的角色，告訴傑瑞德他們一行人前來精靈森林的原因。

聽過布倫特的敘述後，傑瑞德得知了事情的嚴重性，臉上笑容頓時消失，一臉肅穆地看了看車廂裡的囚犯，以及還在午睡的孩子們。

看到囚犯之中被丹尼爾打得鼻青臉腫、昏迷不醒的奧布里時，傑瑞德忍不住驚呼出聲，一臉無法置信。

相較於與丹尼爾之間的冷淡，傑瑞德與奧布里的關係非常好。應該說，在精靈族中除了丹尼爾，就沒有誰不喜歡奧布里這個熱心助人、性情和善的青年。

何況奧布里除了性格好，本身也非常出色。他年紀輕輕便當上了護衛隊的隊長，當年族中的主戰力前往討伐魔族時，奧布里帶領同樣留守族裡的青少年多次擊退了魔族的襲擊，還是個半大孩子的他，多次挺身而出保衛了家園。

因此傑瑞德怎樣也無法相信，奧布里竟然便是綁架孩子的人！

明明平常在族中，奧布里是最受孩子們喜歡的族人。奧布里也很照顧孩子們，就像所有孩子的大哥哥一樣。

雖然心裡有著諸多疑問，但現在不是詢問布倫特幾人的時候。傑瑞德深深吸了口氣，平復了激動的心情，向冒險者們道：「謝謝你們把孩子帶回來，我們會好好安頓他們。現在請隨我來，我先帶你們到族中休息一下。」

布倫特道了聲謝，便讓其中一名精靈護衛接收了馬車，艾德等人也告別了獨角獸們，尾隨傑瑞德進入了精靈族的領地。

在傑瑞德的帶領下，眾人走過一道由茂密樹木組成的天然通道。艾德注意到一直隱身的諾亞，在進入通道時解除了隱身的狀態。

傑瑞德看見諾亞時顯得很訝異，連忙向對方行了一禮。

隨即傑瑞德便向眾人解釋，這通道是進入領地的必經之路，通道被施加了眾多防護魔法，任何僞裝在這裡都會無所遁形。

至於兩旁枝葉茂密、高大得足以形成一條天然通道的樹木，每一棵都是生出了靈智的樹人！

樹人與獨角獸及精靈一樣，都是精靈森林裡獨有的生靈。

樹人原本只是普通的樹木，然而經過了漫長的歲月，這些吸收濃厚生命氣息的樹木便生出了靈智，成爲一個根部能夠抽離泥土在地面行走、擁有著人類五感的特殊種族。

樹人體型巨大，力量驚人，有著畏火與行動緩慢等缺點。傳說樹人是生命之樹的守護者，傑瑞德也認同這一點。

平常樹人們動也不動，看起來與尋常樹木無異。然而只要有外敵入侵，這些樹人便會成爲最忠誠與勇猛的守衛。

得知兩旁的大樹是樹人族以後，艾德好奇地打量著四周，但樹人是非常安靜的種族，看起來與尋常的大樹沒有區別，只是更高更壯而已，因此艾德完全看不出所以然來。

穿過了由樹人組成的通道後，眾人來到了精靈族的居所。

精靈族愛好自然，他們大都選擇住在樹上。那些一間間建設在大樹上的木屋，全都美輪美奐、精緻得不得了。這完全顚覆了艾德對樹屋的固有印象，這些精靈族的居所每一間都是了不起的藝術品。

03.

# 精靈森林

艾德發現自從進入精靈森林後，精靈族雖然免不了對他這個「最後的人類」多了幾分打量，眼神亦非常複雜，卻沒有讓他感受到惡意。

甚至有些精靈族人向冒險者們打招呼時，也沒有忘記向艾德點點頭，看向他的時候眼裡充滿著懷念。

艾德想到了精靈族非常長壽，大部分族人都親眼見證過人類存在的時代。說不定這些對他抱持善意的人，在以往曾經有著人類的好友呢！

冒險者把失蹤的孩子帶回來一事，已在精靈族中迅速傳開，因此精靈族對這些外來者的態度非常友好。

精靈族全都是俊男美女，光是看著便讓人感到賞心悅目。他們嘴角都掛著悠閒的笑意，做事慢悠悠的，似乎很懂得享受生活。

傑瑞德把眾人領到某個區域，然後指了指這個範圍的樹屋，讓他們隨意挑一間居住。

從步入精靈森林起，艾德便對這些充滿特色、無一不精緻美麗的樹屋很好奇。想不到自己竟然能夠獨佔其中一間，艾德不由得感到非常高興。

畢竟眾人本就不會在精靈森林逗留太久，本以為大家會到丹尼爾的家住下，想不到竟然可以一人分配一間空房子，也太奢侈了吧？

埃蒙這孩子有幾分自來熟，他得知自己能夠分到一間樹屋後，便好奇地詢問傑瑞德：「你們為什麼會多出這麼多空房子？都是留著用來招待客人的嗎？」

不怪埃蒙他們覺得奇怪，精靈族是有些封閉的種族，雖然不至於像妖精原野那樣把居住地用結界封鎖起來，但也鮮少有外來者出入，他們準備這麼多空房子來做什麼呢？

傑瑞德笑道：「這些多出來的樹屋其實是族人們平常空閒時造來打發時間的，結果不知不覺愈來愈多。每一間樹屋都是大家精心設計出來，也捨不得拆掉，便留了下來。這些樹屋建好後雖然一直空置，但都有好好打理與修葺，隨時能夠住人。」

聽到傑瑞德的解釋後，眾人：「……」

你們也太閒了吧？

難怪這些空置的樹屋每一間都各有特色，顯露出各種獨特的風格，原來是出自不同的藝術家之手，讓艾德等人看得眼花繚亂。

傑瑞德大手一揮：「這部分的樹屋都是無主的，你們隨便挑。」

有種在選妃的感覺，莫名有點小激動呢！

布倫特對藝術無感，覺得外形什麼的完全無所謂，不太懂得欣賞的他直接挑了最大的一間樹屋。

埃蒙與貝琳則是挑了他們覺得造型最特別的樹屋，前者選擇的樹屋有很多稜角，遠看就像隻小刺蝟。後者挑的則是圓形的樹屋，像一個卡在枝椏上的大型足球。

至於艾德，則被精靈族精湛的雕刻工藝吸引，因此選了一間外表比較普通，然而室內卻有著最多、最精美雕花的樹屋。

大家挑選到喜歡的樹屋後，便各自去休息了，等待精靈女王的召見。

空閒下來獨處後，艾德這才仔細地打量自己的住所，然後便被樹屋裡各種雕刻給震住了！

雖然之前挑選樹屋時，艾德便知道這房子的雕刻特別美。然而仔細一看才發現不只屋子有雕花，即使只是一盞隨手拿起的燭台，上面竟也有著美麗奪目的雕刻。

以手中燭台而論，不說材料，僅以工藝本身來看，這個燭台比艾德以前在城堡裡的精品更好。

然而一個是精挑細選的皇室之物，一個卻只是放在空置樹屋裡的無主之物……到底建造這座樹屋的精靈有多愛雕刻啊!?

這就是藝術家對美的追求嗎？

花盤邊、牆角、床沿……許多不起眼的地方都有著精美的雕刻，數量多得艾德由最初的震撼，看到都有點麻木了。

他覺得造出這間樹屋的精靈族也未免太閒……隨即又想起傑瑞德說過，這些樹屋是精靈族用來打發時間的造物……可不正正就因為閒嗎!?

正在艾德以為自己已對無處不在的雕花感到麻木之際，看到馬桶上的雕刻時，卻還是忍不住嘴角猛烈直抽。

神經病！精靈族平時到底有多無聊啊？

艾德在樹屋安頓好以後，傑瑞德便前來拜訪，表示精靈女王要召見他們。

與同伴們再次相聚的艾德故意走慢了些，看著丹尼爾與傑瑞德走在前頭的背影，小聲對布倫特與獸族姊弟感歎：「我住的那間樹屋，連馬桶都有雕花呢！」

埃蒙雙目一亮，他早就想吐槽了：「對對！我住的樹屋也有！」

貝琳也找到組織似地，高興地說道：「我也有！」

說罷，三人便看向布倫特，見他點了點頭，彼此盡在不言中。

都是被雕花馬桶震撼過的人呢！

最先挑起這個話題的艾德假咳了聲，壓低了音量，小聲地詢問：「那你們好不好奇……丹尼爾家裡的馬桶有沒有雕花？」

之前在傑瑞德介紹樹屋時，有說過每一個精靈族都是出色的藝術家，他們喜歡親自裝修自己的屋子。

也就是說，如果丹尼爾家裡的馬桶也跟隨大潮流，那上面的雕花就是他親手雕刻的。

聽到艾德的話，布倫特與獸族姊弟不由得露出了八卦的神情。

好想知道啊！

然而他們誰也不敢直接詢問丹尼爾，總覺得以丹尼爾彆扭又好面子的性格，直接問的話不僅得不到想要的答案，還很有可能會被打……

可是真的好想知道啊！

埃蒙雙目一轉，便上前詢問丹尼爾：「說起來，我們還不知道你的樹屋是哪間呢！」

丹尼爾挑了挑眉：「怎麼了？你們不是已經有地方住了嗎？」

貝琳笑道：「埃蒙只是好奇而已，何況我們要去看看又怎樣了？之前在獸族領地的時候，我們不也招待大家到家裡住嗎？」

丹尼爾聞言沒有多想，正好他的樹屋在不遠處，丹尼爾隨手指向它，道：「就是這棟，不是我不想招待你們，是房子太久沒住人了，目前只有簡單打掃了一下，可不比族裡安排給你們的樹屋舒適。」

想不到丹尼爾的家離他們這麼近，艾德雙目一亮，心裡名為「好奇」的火焰頓時燃燒起來。他摀著肚子，一臉焦急地道：「原來你的家就在旁邊，那太好了！我的肚子很痛，可以借你家的廁所一用嗎？」

有輕微潔癖的丹尼爾完全不想讓別人使用自家的廁所，不過看到艾德好像真的很緊急的模樣，雖然一臉不願，但還是把人帶回家了。

布倫特與獸族姊弟對望了一眼，他們當然猜到了艾德不是真的肚痛，而是裝的。只是不能在丹尼爾面前表露出來，見丹尼爾一臉嫌棄地把人帶回家，他們都憋笑憋得超辛苦。

為了不讓人生疑，參觀完馬桶後的艾德還在廁所待了好一會，這才腳步輕快地離開。

看他一副心滿意足的模樣，知情者自然知道是因爲滿足了好奇心，不知道的還以爲艾德剛剛的解放有多暢快呢！

看丹尼爾的臉色，整張臭臉都快變黑色了。可以想像他今天回家後，一定會把廁所大清洗一遍。

至於艾德這個始作俑者，面對著布倫特與獸族姊弟那充滿求知慾的視線，他微不可見地點了點頭。

確認過眼神，的確都是家裡有雕花馬桶的人。

「噗哧！」埃蒙忍不住笑，然後笑意便像會傳染似地，艾德、貝琳、布倫特都跟著笑了起來。

丹尼爾與傑瑞德看著笑得摀住肚子的眾人，只覺得莫名其妙，實在弄不明白有什麼好笑的。

雪糰站在艾德的肩膀上，好奇地歪了歪頭，像是在詢問他在笑什麼。

看著莫名其妙大笑起來的同伴，丹尼爾在心裡罵了聲「神經病」，覺得這些傢伙簡直像撞邪一樣。幸好不久他們都恢復了正常，至少他不用帶著這些傻笑著的同伴去見精靈女王。

想到一會便要與女王見面，丹尼爾心裡很緊張，也顧不得去理會艾德他們在笑什麼了。

很快地，在傑瑞德的帶領下，眾人來到了精靈女王居住的宮殿。

與其他精靈族人不同，精靈女王的宮殿沒有建在樹上，而是建立於森林中最大的一片高地。

那是一座泛著水晶光澤的白色宮殿，雖然這宮殿無論是建築風格還是裝飾都無與倫比，然而最吸引艾德注目的，卻是宮殿的材質。

身爲皇族，艾德從小便見識過不少好東西，只是這種像水晶又像玉石的建築材料卻是從未見過，是精靈森林裡獨有的礦石嗎？

這座宮殿是集合精靈族舉族之力建造而成，就像精靈們的樹屋總是充滿著各式各樣的雕刻一樣，精靈們在這座宮殿中也展示了他們精湛的雕刻工藝。

宮殿所使用的雕花大都是藤蔓、鮮花與葉子等自然元素，每一處的雕刻與設計都巧奪天工。不只精美的雕刻，城堡牆上、柱子上都鍍上了金色的花紋。白與金的組合高雅又華麗，純潔中多了一份尊貴。

進入宮殿的範圍後，眾人先是經過一條長長的走廊，便來到了精靈女王接見他們的大廳。

從沉睡中甦醒後，艾德因為人類的身分而受到其他種族猜疑。為了證明自己的眞誠，艾德接受了來自四大種族首領的審判。當時艾德便聽過精靈女王的聲音。

那時候精靈女王的嗓音空靈又優雅，代表她身分的綠色光球散發著讓人感到很舒服的自然氣息。在艾德的想像中，精靈女王是一名溫柔美麗的女性。

精靈女王也的確有著令人驚歎的美貌，然而相較於艾德想像中的優雅與溫柔，她更多的是身為王者的英氣。

即使精靈女王的長相再美、體型再纖瘦，也不會讓人因此而輕視她，認為她只是個空有美貌的花瓶。

甚至比起一國之主，艾德第一眼看過去，她更像一個身經百戰的戰士。

而事實上，在人類滅亡之後，精靈族的自然之力是唯一稍微能夠抗衡死氣的力量。精靈女王作爲精靈族的最高戰力，的確是個滅魔無數的強大戰士。

精靈女士有著一頭淡金的長鬈髮，兩側長髮鬆鬆地挽在腦後，耳畔有著一支樹枝造型的髮飾。

仔細一看，樹枝竟然也散發著濃郁的生命氣息。也許這不是髮飾，是一種艾德從未見過的植物枝葉？只是那鉑金色的樹枝與翡翠似的葉子……實在精緻漂亮得不像眞實的植物。

除了精靈女王之外，在場還有其他的人。

身爲與眾人一起帶著孩子回來的人，白色使者諾亞也在，向眾人頷首示意。另外竟還有那個精靈族的綁匪、本以爲應該被關在牢房裡的人——奧布里！

雖然此刻奧布里正戴著手銬、被守衛看守著，一副階下囚的模樣，然而這人的神情卻很淡定，甚至在注意到丹尼爾看過來的視線時，眼中閃過一絲嘲諷與挑釁。

對方這副模樣，頓時讓艾德心裡警鈴大作。

而且奧布里與那些守衛在一起時，怎麼看起來這麼和諧？看那些守衛的樣子，似乎對他沒有多少厭惡。艾德幾乎懷疑，要不是職責所在，守衛都要給他鬆綁了！

反而是他們進入禮堂時，守衛打量著他們的眼神讓艾德感到有些不舒服。

不待他多想，精靈女王已上前歡迎他們，艾德順勢轉移了注意力，不再多想。

很快地，艾德更發現精靈女王與丹尼爾雖是彼此在世上唯一的親人，但看起來卻很疏離。

怎麼說呢……他們也不是不關心對方，關係亦算不上很差，只是雙方互說客套話的模樣，不比普通朋友好上多少。

不愧是親人，那種彆扭又高傲的性格還真的如出一轍呢。

客套一番後，精靈女王終於把話題轉至綁架事件上：「感謝你們把失蹤的孩子找回來，只是對於綁架的事情，我仍有些疑問。布倫特，你可以敘述一次事情經過給我聽嗎？」

布倫特雖然也察覺到異樣，但沒有提出疑問，依言把他們到木屋借住、艾德失蹤、冒險者進行救援的過程說了一遍。整個過程中，精靈族的人沒有打斷過他，只是專心聽著他的陳述。

直至布倫特的話說罷，精靈女王頷首示意了解，並道：「我明白了，只是我有些問題想請教，你們看到奧布里與帶走孩子的綁匪在一起，可是卻沒有親眼看到他參與綁架孩子的行動，對嗎？」

聽到精靈女王的疑問，艾德覺得自己不祥的預感成真了，心想精靈女王該不會認爲奧布里是無辜的吧？

被問話的布倫特還未說什麼，丹尼爾卻已忍不住插話：「陛下，妳這是什麼意思？難道我們會誣衊奧布里嗎？」

雖然精靈女王光看長相是個優雅嫻靜的美女，可絕不是軟性子的人，甚至性格還很剛硬，不然當初便不會與丹尼爾的母親鬧得如此不快。見丹尼爾公然反駁自己，精靈女王也有些不悅了。

精靈女王覺得她只是心有疑惑，想確定一下當時的情況而已。還沒說什麼呢，丹尼爾便已經迫不及待地要把奧布里定罪似地。

這讓精靈女王下意識偏向了奧布里幾分，她信任丹尼爾的品性，倒不覺得丹尼爾故意針對對方。只是想著他本就不喜奧布里，說不定因偏見而生出了誤會。

被丹尼爾質問，精靈女王的語氣也變得強硬起來：「我們已經審問過奧布里和你們抓回來的綁匪了，發現當中也許有些誤會。奧布里沒有參與綁架，他只是想要追查失蹤孩子的下落，才會與那些綁匪混在一起。」

聽到精靈女王竟然說奧布里很有可能是無辜的，丹尼爾頓時要炸了。所幸布倫特及時拉住他，才沒讓對方再說任何失禮的話。

見丹尼爾忍耐著沒有發脾氣，布倫特便向精靈女王嚴肅地表示他的觀點：「我不認為奧布里是無辜的。在我們看見他的時候，奧布里正與綁匪有說有笑，熟稔的態度不像剛認識不久的模樣。何況在我們攻擊匪徒時，奧布里與綁匪聯手回擊。要是他眞的無辜，那時候爲什麼不選擇與我們聯手，反而阻止我們救人？」

精靈女王聞言，便把視線投向奧布里。奧布里見狀，便恭敬地向精靈女王請示：「陛下，請允許我親自答辯。」

雖然奧布里一直在場旁聽，然而他未有因爲對方談及自己的事情而插嘴論述，想要說話前也先請示過精靈女王。

與之相較，一出言便向精靈女王無禮質問的丹尼爾，顯得特別沒禮貌了。

護衛們原本看到丹尼爾對精靈女王出言不遜而皺起的眉頭，也稍微放鬆了些。

顯然這是個人的問題，與家教無關。看看同樣從小父母雙亡的奧布里就對精靈女王很恭敬，不是嗎？

面對奧布里謙遜的詢問，精靈女王的神情也溫和了些，道：「可以，有什麼事情便直說。別擔心，我們不會放過那些拐帶孩子的人渣，但也不會因誤會而冤枉任何人。」

奧布里一臉感動地說道：「我相信陛下會主持公道，不會冤枉我的。」

說罷，奧布里便在恨得牙癢癢的丹尼爾面前，不疾不徐地解釋：「因為我經常主動接近他們，假裝能夠為他們當內應。成功成為了綁匪的一員後，我便一直試圖找機會把這些孩子救出來。」

這番話聽在丹尼爾耳中有著諸多破綻，只覺得可笑得很。他冷笑著質問：「呵！如果你說的話是真的，那為什麼發現孩子失蹤時，沒有通知族中的守衛，以及孩子們的父母呢？」

奧布里解釋：「孩子不見了，多耽誤一分他們便多一分危險。我怕錯失找到孩子們的黃金時機，便尾隨線索自己先追上去了。但離開之前我有留下便條，簡單地把尋找失蹤孩子一事寫了下來。」

一旁的傑瑞德頷首，確定了奧布里的說法：「是的，當時便是我發現到奧布里留下來的紙條，他的確有交代發現孩子失蹤，他要追查才離開精靈森林。」

一直旁聽著雙方爭論的艾德皺起了眉，他也是在現場的當事人之一，親眼看到奧布里與那些綁匪相處時的模樣，以及對戰時奧布里對他們展現的殺意。

相較於精靈女王等人相信奧布里是無辜的，艾德卻偏向丹尼爾，認爲奧布里早就跟那些綁匪是一伙的。

可如果對方眞的不是好人，那麼奧布里在精靈森林裡的紙條自然不是眞的爲了孩子們，而是特意爲自己留了一條後路。

想到這裡，艾德覺得這個看起來像鄰家大哥哥般、有著爽朗笑容的青年，實在太可怕了！

這份心機……也太深沉了吧！

# 04.
# 雕像

隨即艾德便想到丹尼爾這人脾氣差，做事直來直往，尤其討厭暗地裡使壞的人，也難怪對方這麼討厭奧布里。

艾德覺得以奧布里的心計，十個丹尼爾也玩不過對方。只怕丹尼爾以往在奧布里身上吃過不少苦頭，才對這個人如此厭惡。

此時丹尼爾已經取代了布倫特，成爲審問奧布里的人。他很清楚奧布里詭計多端，這次要是讓他成功脫罪，再要追查他的罪責只怕更難了。

丹尼爾質問：「既然你說你是無辜的，那我們去救孩子時，你怎麼攻擊我們？」說到這裡，丹尼爾冷笑了聲，補充道：「還招招致命。」

「那時候要是我說我不是綁匪，你們會住手嗎？」奧布里反駁：「我承認與你們戰鬥的時候，我的確沒有留手。可是你們不也一樣招招殺著嗎？當時的狀況彼此都是以命相搏，有什麼事情也只有在勝利後才有資格說。」

說罷，奧布里還一臉委屈地補充：「我在戰敗後也不是不想把眞相道出的，只是你們把我打昏了。還補了好幾下，我根本就沒有機會說！」

奧布里一番話說下來符合邏輯與情理，諸多疑點竟都讓他說得通，這令原本堅信他是綁匪的艾德等人都有些動搖了。

然而丹尼爾卻依然不為所動：「不，一開始你還是有清醒的時候，被我們抓到後不也沒有立即否認綁匪的身分嗎？」

丹尼爾本以為奧布里會否認，誰知他這次承認得很乾脆：「喔，因為當時莫名其妙被你們打了一頓，我太生氣了。」

丹尼爾：「……」

奧布里又補充：「何況當時我也只是在嘲諷你虐待囚犯而已，沒有承認自己是綁匪啊……」說到這裡，奧布里還指責道：「丹尼爾，雖然我知道你很討厭我，可是你不能因為這樣，就用下三濫的手段報復我啊！」

見奧布里如此委屈，要不是在對方身上多次吃虧，深知這人的性格有多惡劣，丹尼爾還真的會以為自己誤會他了。

然而其他的冒險者成員都有些不能肯定了，奧布里所說的話的確都是眞實發生的，一句謊言也沒有。

可是說奧布里是無辜吧……對方與他們作戰時的那股狠勁，以及對丹尼爾的厭惡與嘲弄，卻怎樣也無法讓他們相信，對方是個無辜捲入此事的熱心人。

奧布里看到丹尼爾被自己堵得啞口無言，便攤了攤手，建議：「要不你們可以問問孩子們，是我把他們綁走的嗎？」

丹尼爾搖了搖頭，沒有讓精靈女王傳召孩子們前來問話。既然奧布里這麼自信地主動提議，顯然他從未在孩子們面前以綁匪的身分露面。

反正詢問那些孩子也應該問不出什麼，丹尼爾便不想去打擾這些受害者了。

只是奧布里的手段……還眞是滴水不漏啊……

就在丹尼爾完全拿奧布里沒奈何之際，一直默不作聲的艾德挺身而出。

艾德沒有抓住奧布里是否爲綁匪一事不放，亦沒有直接質問奧布里。而是向精靈女王行了一禮，道：「陛下，我是一名祭司，對暗黑死氣的存在非常敏銳。在與奧布里戰鬥的時候，察覺到他的藤蔓已被死氣污染。我懷疑奧布里與魔族有關，請讓他把藤蔓放出來讓我檢查一下。」

與魔族勾結，這可比綁走精靈族孩子的指控更加嚴重。後者背叛的只是自身的種族，可前者卻已經是整個魔法大陸的叛徒了！

奧布里聞言頓時神色大變，生氣地喊冤：「你們先是指控我綁架孩子，現在沒有證據將我入罪，又說我與魔族勾結，哪有這麼欺負人的！」

精靈女王對艾德的指控抱有懷疑，若說奧布里是綁匪還有可能，但現在再說他身懷死氣，卻像是因爲之前無法成功把人入罪，才亂加罪名一樣。

相較於其他對人類充滿偏見的種族，精靈族不能說對於召喚魔族的人類沒有怨懟，但至少對待艾德的態度已是所有他遇見的種族之中最友善的，連只有小孩子心性的戴利，一開始也因爲艾德的人類身分而對他有些排斥與厭惡。

然而現在艾德彷彿針對奧布里的發言，卻讓精靈族有些不悅了。

艾德也察覺到精靈族的想法，他按住心臟的位置，眞誠地說道：「我曾以靈魂定下誓約，提出調查奧布里這個建議，是因爲眞的有這個需要。事情涉及魔族，要是這個提議中有著陰暗的私心，只怕立即便會觸發靈魂誓言的反噬，我也不能繼續站在這裡與大家說話了。」

眾人自然知道靈魂誓約有多嚴謹，這是刻劃在靈魂上的誓言，沒有一絲一毫鑽漏洞的空間。聽到艾德的解釋後，之前懷疑艾德的人反倒有些不好意思，知道是自己錯怪了對方。

艾德續道：「同樣地，丹尼爾也許與奧布里的關係不好，但我認識的丹尼爾是個光明磊落的人，不會因此而誣害對方。即使最後查證奧布里眞的無辜，也只是一場誤會，並不是我們任何人因爲私心而針對對方的行爲。」

丹尼爾有點訝異，他想不到艾德會特意爲他說話，這讓一直備受族人質疑的他心裡感到暖暖的。

然而丹尼爾性格彆扭，即使心裡感動，臉上卻完全沒有表現出來，依然是一副別人欠他錢似的臭臉，道：「多管閒事。」

一旁的布倫特聞言揉了揉額角，對丹尼爾的口不對心操碎了心的同時，亦幫忙說服精靈女王：「艾德說的話是眞的，雖然我們沒有如祭司那種能夠判斷暗黑死氣的敏銳直覺，但也察覺到與奧布里戰鬥時，他的藤蔓的確有異。」

貝琳也作證說道：「奧布里的藤蔓是黑色的，看起來與一般精靈族的藤蔓有很大的區別。」

埃蒙亦道：「是的，而且那些藤蔓還帶有腐蝕性，碰到聖光會枯萎，簡直就像那些因爲死氣而變異的植物一般！」

就連不會說話的雪糰，也彷彿在證明大家的話似地，邊點頭，邊啾啾叫著。

艾德見狀：「……」

雖然很感謝雪糰的維護，不過他們對戰奧布里的時候，雪糰不是因爲中了迷藥還在昏睡嗎？

就在此時，一直在旁默不作聲的諾亞上前，說道：「我也可以證明，當時我就在現場。」

奧布里再淡定也忍不住露出了震驚的表情，他竟然不知道在他與冒險者們對戰時，諾亞也在。

聽著諾亞的解釋，這才知道原來諾亞一直隱身在旁。只是在諾亞出手以前他便暈倒了，加上被俘虜後丹尼爾幾人把他揍暈，才一直沒有機會與對方見面，便不知道白色使者的存在。

奧布里聞言後心頭狂跳，就怕諾亞在隱身期間聽到他與其他綁匪的聊天內容，當時他們曾經談及捉走孩子的細節，這麼一來便會拆穿他的謊言。

所幸諾亞似乎不是一直與冒險者在一起，所知並不多，不然當初就不會讓人把艾德綁走了。

奧布里見狀暗暗鬆了口氣，心裡慶幸自己的好運氣。

精靈女王看到不只布倫特他們這些冒險者，連諾亞都做出了保證，便對奧布里道：「奧布里，展示一下你的藤蔓。要是有誤會的話，也好證明你的清白。」

奧布里滿臉被冤枉的憤懣，卻沒有多說什麼，而是很合作地運行自然之力，放出與他訂立了契約的藤蔓。

一看到奧布里的藤蔓，艾德便知道不好了。

奧布里這時放出的藤蔓是充滿生氣的翠綠色，與他們之前看到的黑色藤蔓完全不同！

仔細感應一番，原本令他心生厭惡的暗黑死氣竟然也消失無蹤了！

艾德不死心地用聖光照射這些藤蔓，卻發現藤蔓沒有絲毫異狀。明明之前這些藤蔓接觸到聖光還會枯萎，可現在卻完全不受影響。

這人是預估到他們會說出藤蔓的異樣，所以早做準備了嗎？

艾德肯定之前附在藤蔓上的死氣絕不是自己的幻覺，只是現在逼問對方，他也不會說眞話，反而更像自己這些人故意逼害他。

確定了奧布里的藤蔓沒有沾染死氣後，精靈族的眾人都鬆了口氣，但看著冒險者們的眼神則有些不對了。

只是想到艾德被靈魂誓約所束縛，不會在涉及魔族的事情上說謊，這些帶有審視的眼神才慢慢緩和下來。

艾德在心裡嘆了口氣，他也許應該感謝龍王陛下當初有要求他定下靈魂誓約。

雖然風險很高，但至少只要一天沒有受到誓言反噬，他便能夠在涉及魔族的事情上輕易獲得別人的信任。不然以他人類的身分，在這個各種族都怨恨人類的情況下只怕寸步難行。

奧布里的狀況有些尷尬，他雖然能夠解釋種種指控，卻沒有真憑實據來爲自己脫罪。

然而丹尼爾等人也一樣，沒有證據能把他定罪。

現在唯有寄望找回那些被販賣的人，來獲得更多有用的情報。

以奧布里小心的程度來看，即使找回那些被販賣出去的孩子，只怕也問不出什麼有用的情報。畢竟小孩子便是小孩子，即使再聰明，還是比成年人容易糊弄。

唯一有機會指證奧布里的，也許只有艾德他們曾借住過的木屋的前屋主一家了。

只是那些人被帶走這麼久，要找到實在困難，甚至不知道現在是否還活著。

最後經過商議，因奧布里暫時不能定爲罪犯，因此精靈族不會把他關在牢房。

他們決定讓奧布里長期處於被監察的狀態，並在確定眞的無罪以前，只能留在精靈森林裡，無法外出。

丹尼爾雖然很不甘心，但也只能接受這個結果了。

決定了奧布里的處置後，精靈女王再次爲冒險者們解救族人而道謝。不管冒險者們有沒有冤枉奧布里，這些人救了孩子們都是事實，這足以讓精靈族感恩戴德了。

精靈女王讓冒險者們在森林裡好好休息，並且會在晚上舉行歡迎的宴會。

聽著精靈族的安排，艾德總有種熟悉的感覺……

後來他仔細想想，這不很像他們到獸族作客時的行程嗎？

仍記得當時的宴會因爲寄生魔族而大亂，後來連獸王也被控制了。艾德突然生出了不祥的預感，只希望這次在精靈森林的宴會能夠如期舉行。

精靈森林蘊含著濃郁的生命氣息，就連體弱的艾德也覺得身處在這種環境中特別精神爽利，那些大病過後的些許不適完全消失無蹤。

因此冒險者們都不想再回到樹屋休息了，在宴會以前，他們想逛一逛這片神祕又美麗的森林。

於是傑瑞德便成爲了冒險者們的嚮導，在他們留在精靈森林的期間負責帶領他們到處遊玩。

丹尼爾因爲無法把奧布里定罪而心裡有氣，加上在精靈森林裡生活多年，對於森林裡的景色早就沒有新鮮感了，便道：「我就不與你們同行，家裡很久沒有住人，我還要回去打掃一番呢。」

眾人：「……」

突然覺得丹尼爾很賢慧。

不僅擅長烹飪，手工藝也很出色，而且還非常樂於打掃，怎麼看都是個賢妻良母的樣子。

然而很快地，他們便從那「賢妻良母」的假象中清醒過來，這人不是賢慧，只是潔癖罷了。

不過丹尼爾在精靈森林中也不是沒有親人，他好歹是精靈女王的姪子，離家久久不歸，家裡都沒有人替他打掃嗎？

眾人不由得更加深切地感受到，丹尼爾與族人的感情到底有多冷淡疏離了。

冒險者們在傑瑞德的帶領下參觀了精靈森林各處，其中最令他們驚喜的是，精靈族的珍寶——生命之樹。

生命之樹是精靈森林中最重要的存在，正因為這棵神奇大樹不停散發著濃濃的生命氣息，才形成了精靈森林中獨特的生態環境，說它是整座森林的支柱也不為過。

因此它被精靈族用魔法隱藏了起來，像冒險者們這些外來者要是沒有獲得許可，是完全無法看見生命之樹的。

因為冒險者們為精靈族帶回被拐走的孩子，於精靈族有恩，這才能夠獲得接觸生命之樹的殊榮。

傑瑞德帶著他們走到離精靈族聚居地稍遠之處，冒險者們只覺四周景色產生一股水紋似的波動，接著一棵巨大無比的大樹便出現在他們面前！

艾德曾爲妖精族母樹那宏偉的體積而感到震撼，然而母樹與眼前的生命之樹相比，就像是小孩子與成年人的程度！

不過想到母樹是由生命之樹的分枝而成的傳說，卻又覺得這種差距是理所當然的了。

這麼算起來，因母樹而生的妖精，與因生命之樹而生的精靈族，也算是遠房親戚了呢。

生命之樹的外表如同杉木，樹幹是帶有磨砂質感、亮麗的鉑金色，枝椏彷彿要延伸至天際。

它每一片綠葉都像翡翠般泛著溫潤的光澤，像是精美的藝術品。

眾人站在生命之樹樹下，好比仰望大象的螞蟻，完全看不清它的原貌。樹幹像是看不見盡頭的木牆，巨大得沒有邊界般。抬頭看天，是隨風搖曳的翠綠枝椏，高聳入雲的樹枝快要能夠觸摸到天空。

按理說，身處於樹下，特別是這麼巨大的一棵樹，應該會被枝葉遮擋不少陽光。然而站在樹下的他們，卻神奇地不會感到太過陰暗，且誰也不會為此感到奇怪，只覺得這棵源源不斷散發著生命氣息的大樹理應光采明亮。

生命之樹的旁邊有一座小小清泉，泉眼只有兩、三公尺的寬度。泉水清澈見底，能夠清楚看見泉底布滿生命之樹的鬚根，交錯成一張複雜無比的網。

艾德發現水泉傳來陣陣甘甜的香氣，被這香氣包圍，艾德竟覺得身體變得輕盈無比，思路也特別清晰。彷彿從出生以來一直跟隨著自己的病痛，在香氣之下全都消失無蹤。

「這是……」

看到艾德驚歎的神情，傑瑞德驕傲地介紹：「這座水泉名為『生命之泉』，它受到生命之樹靈氣的滋潤，帶有濃厚的生命氣息。無論受到多重的傷勢，只要一滴便能達到起死回生的效果。另外，年輕的族人在成年時舉行的血脈覺醒儀式，也要用到生命之泉的泉水。」

艾德頓時對這座小小的水泉肅然起敬，心想精靈森林裡眞的哪裡都是寶。眼前這個看來毫不起眼的小水泉，想不到竟然有這麼強大的功用。

冒險者們站在生命之樹旁邊，就像螞蟻在仰望巨人，切身感受到自身的渺小。生命之樹是精靈族的創造者，雖然它看起來沒有意識，但眾人不敢有任何不敬的行爲與想法，更不會將其當作參觀的景點。而是心存敬畏，以晉見上位者的心情來仰望這棵擎天大樹。

見過生命之樹後，傑瑞德便帶冒險者們去觀看族裡其他的特色之處。

一行人摘採了一堆野果、餵了一些不怕人的小動物，充分見識到精靈森林中獨特又豐富的物種。

隨即冒險者們路過一個用大理石建造的大型廣場，精靈崇尚自然，在森林中很少看到這種充滿人工的地方，好奇之下便走過去看了看。

帶領他們的傑瑞德臉上閃過猶豫的神色，似乎想要阻止他們。後來想到先前精靈女王交代過讓他好好接待客人，加上冒險者們感興趣的地方也不算不許外人進入的禁地，便由他們了。

廣場的中心位置有一面巨大石碑。石碑四周放滿鮮花，上面刻劃了眾多名字，這些都是在與魔族戰爭中犧牲了性命的精靈族戰士。

看著上面密密麻麻的名字，艾德的心情頓感沉重。

傑瑞德顯然也感受到氣氛不太妙，爲了讓客人開心一些，便帶領眾人來到廣場的另一處。

這裡與剛剛肅穆的環境不同，用大理石雕刻了一群活潑的少年。雕像歡快的氣氛絕不會讓人誤會這是用來紀念亡者的雕像，倒像在炫耀族中的可愛吉祥物。

不得不說精靈族眞是了不起的藝術家，雕像的形態活靈活現，甚至能夠從它的神態中大約了解到這些少年的性格特質。

這是一個充滿感染力的作品，雕像中的少年在玩鬧著，冒險者們光是看著這些雕像，便能感受到這些孩子之間深厚的情誼。之前因爲看到烈士紀念石碑而生出的沉重心情緩和下來，嘴角不禁泛起了微笑。

見氣氛變好了，傑瑞德鬆口氣，笑著爲眾人講解眼前的雕像：「當年魔族肆虐，精靈族的精銳部隊全都參與了戰爭，只剩一些老弱留守在森林裡。雕像中的人都是當年的孩子所組成的少年軍，他們甚至參與了幾次保衛戰，小小年紀便獲得了不起的戰績。」

說到這裡，傑瑞德指了指雕像前的展示牌，上面簡單記載了少年軍的事蹟，以及成立的年分。然後他繼續解說道：「我族的繁衍比較困難，很多家庭都是盼了很久才盼來一個孩子，因此我們對孩子們特別保護。這還是在精靈族的歷史中，初次有未成年的孩子參與戰役，因此族人特意設立這些雕像來紀念這個事件，以表揚少年軍的英勇與貢獻。」

說罷，傑瑞德假咳了聲，裝作不經意地隨口說道：「說起來，我當年也是少年軍的一員呢！」

隨即他如願獲得冒險者們敬仰的注目，忍不住挺了挺胸。

眾人饒有趣味地尋找起來，很快貝琳便指著其中一座雕像，道：「真的呢！這一個便是少年時期的傑瑞德對吧？」

看到他們成功認出自己的雕像，傑瑞德笑著感嘆：「對啊，不知不覺便這麼多年過去了……」

「咦！這人是……是奧布里!?」同樣在雕像中試圖找出熟悉面孔的埃蒙，指著其中一尊雕像驚呼。

05.

# 生命之樹

精靈族的工藝很卓越，把那些少年們的相貌與神態很完整地重現出來。因此即使當年的少年們都長大了，但埃蒙還是能夠辨認出其中一座雕像的身分，正是他們所抓到的綁匪，奧布里！

布倫特聞言往埃蒙指的物件看去，也訝異地說道：「眞的是他！而且看他所站的位置……似乎……」

奧布里的雕像位於正中位置，這代表著他在少年軍中有著舉足輕重的身分。

傑瑞德也看向奧布里的雕像，眼中滿是欣賞：「對啊，奧布里是當年少年軍的首領，正是他出色地領導我們進行多次保衛戰。他是一個出色的將領，也是個出色的戰士。」

聽著傑瑞德談及奧布里時的語氣，冒險者們心情很複雜，他們終於明白爲什麼精靈族願意相信對方是無辜的了。

奧布里對於精靈族來說，是個年少成名的英雄，是族裡的驕傲。要是自己是精靈族族人，也許也難以相信這樣的一個人，會成爲綁架孩子的人販子。

就連冒險者們在聽到奧布里的申辯後，也在想著自己是不是誤會了對方，更何況是看著他長大、一直對他深信不疑的精靈族人呢？

艾德在心裡嘆了口氣，隨即發現到一件奇怪的事情：「嗯？怎麼這些雕像裡沒有丹尼爾？」

聽到艾德的話，埃蒙也再重新看過一遍：「真的耶！」

布倫特摸了摸下巴，道：「魔族肆虐時丹尼爾還是名少年，他的年紀應該與奧布里差不多吧？他當年沒有加入少年軍嗎？」

以眾人對丹尼爾的認識，他絕不是會安心待在後方享受別人保護的人，怎樣想，丹尼爾應該都是少年軍的一員。因此在少年軍的雕像中沒有看到對方，眾人都覺得很訝異。

傑瑞德道：「不是的，丹尼爾的確是少年軍的一員。」

見冒險者們露出不悅的神色，傑瑞德解釋：「精靈族有兩次重要的儀式，分別是出生時接受生命之樹的祝福，以及成年時血脈正式覺醒的儀式。然而丹尼爾是在人類社會出生，他回到族中的時候沒有受到生命之樹的祝福，又尚未到血脈覺醒的年紀。缺席了出生時祝福儀式的他，那時候還未獲得植物親和力，正式說來，算不上族中的一員。」

看到冒險者們聽過他的解釋後，神情更加難看，傑瑞德連忙補充：「當然現在丹尼爾已經舉行了血脈覺醒的儀式，正式成爲我們的族人了。」

然而眾人卻不接受這個說法，布倫特指出：「無論丹尼爾當時是否是正式的精靈族人，也是實打實加入少年軍並參加了戰役，是少年軍的一員。」

傑瑞德其實也覺得當初的做法有些不近人情，面對布倫特的指責，他有點心虛地申辯：「其實當年大家也商議過這事情，奧布里還特意去詢問丹尼爾的想法。如果丹尼爾希望設置雕像的話，我們其實也不是不可以通融。然而丹尼爾卻顯得對此可有可無，只說讓我們決定就好，所以……」

「所以你們就決定忽略丹尼爾？」艾德皺起了眉，不滿地說道：「你們要先弄清楚一件事情，這些雕像是精靈族答謝少年軍的貢獻而設立，並不是丹尼爾厚著臉皮求你們弄的。這是丹尼爾應得的榮耀，無論他是否重視，都是應該一視同仁獲得的東西。可你們卻唯獨把他忽略了，不覺得很過分嗎？」

所有少年軍的同伴都有，唯獨丹尼爾只能暗暗羨慕，自尊心還讓他不能表示出有多在意，丹尼爾會有多難受啊！

因爲身爲當事人的丹尼爾顯露出一副不在意的模樣，因此當時眾人對這事情並未多想。現在被冒險者們指出，仔細想想後，他們的做法好像眞的……挺過分的？

在爲丹尼爾的遭遇不忿的同時，心思細膩的貝琳在這件事情上察覺到有些不尋常的地方。她詢問傑瑞德：「當時，有誰提出丹尼爾的身分不適合設置雕像嗎？」

在這天短暫的接觸中，她發現精靈族大都很單純，沒什麼太複雜的心思，也許丹尼爾當時的身分確實算不上正式的族人，但貝琳卻覺得精靈族在設置雕像時不會想得那麼多。

是有什麼人，特別針對丹尼爾，而把這事情提出來嗎？

傑瑞德聞言愣了愣，仔細回憶了好一會後，卻搖首說道：「這麼久以前的事情，當時的細節我已經不太記得了。」

看傑瑞德實在想不出來，貝琳也就聳了聳肩，沒有執著這話題了。

「你們好。」

冒險者們在精靈森林中到處閒逛，再次經過生命之樹時，突然從身後傳來的聲音嚇了他們一跳。

回首一看，正是抱著幾本書的諾亞。

……這位白色使者，還眞是一如往常般地神出鬼沒啊！

不過他這副一臉認眞地打招呼的模樣，有點可愛呢。

明明不久前還在一起討論著奧布里的事情呢！

「嗨，諾亞，你要把這些書拿到哪裡？要幫忙嗎？」埃蒙見諾亞抱著的書籍看起來挺重的，便想要搭把手。

然而諾亞卻謝絕了他的好意，搖首道：「謝謝，但不用了，我已經到啦。」

說罷，在冒險者們訝異的注目下，諾亞走到生命之樹旁邊，把手中的書籍全都往生命之樹傾倒。

那些書本在觸碰到生命之樹的樹幹時，竟然被吸進了樹幹裡，全部消失無蹤！

冒險者們吃了一驚，所以……生命之樹會把觸碰到的東西「吃」掉嗎？

他們不禁有些後怕，也慶幸爲了表示尊重，他們一直沒有好奇地去觸碰生命之樹。

雖然不明白冒險者的神情爲何如此驚異，但諾亞還是體貼地解釋：「生命之樹喜歡觀測世界，白色使者的任務之一，便是爲生命之樹搜羅各式各樣的書籍。像這些歷史書，便是給生命之樹『看』的。」

冒險者們恍然大悟地點了點頭，原來不是「吃」書，是「看」書啊……

而且白色使者的職責，原來還包括照顧這位「老祖宗」嗎？

還眞是長知識了！

埃蒙好奇地詢問：「所以書本都被生命之樹吸收了嗎？」

諾亞卻搖首道：「不是的，據我所知，那些書籍是被存放在生命之樹體內的一個特殊空間裡。」

貝琳驚歎：「所以生命之樹的內部，還是一個儲存了魔法大陸多年來歷史文獻的超級圖書館了嗎？太厲害了！」

布倫特好奇地詢問：「除了歷史文獻以外，那個異空間還有其他的書籍嗎？」

諾亞點頭：「有啊，比如大陸上其他種族的風土人情，還有一些有關知識、鍊金術、音樂等等的書本……生命之樹都喜歡觀看與收藏。不過如小說與童話等的虛構故事，便不爲生命之樹所喜愛了。」

布倫特了然地道：「也就是說，生命之樹只對眞實發生的事情感興趣。」

艾德靈光一閃，詢問：「那生命之樹……會不會存有有關邪教的資料？」

諾亞想了想，道：「也許有？我也不確定，邪教橫行的年代我還不是白色使者，當年給予生命之樹各種文獻的人是我的老師。而且那時候邪教行蹤隱蔽，我記得人類那邊不是一直努力想把他們找出來嗎？連人類都找不到他們，我們這些外族就更加不知道了。」

畢竟白色使者只是搜集各種族現成的史冊與書籍，而不是進行調查，因此人類都不知道的消息，他們自然也是一無所知。

諾亞說的話有理，可是艾德還是不想錯過這難得的機會。生命之樹藏書豐富，說不定真能讓他找到有用的資料呢！

於是艾德便向諾亞請求：「我只是想要找找看有沒有魔族與邪教的資訊，即使找不到也沒關係。諾亞，你可以讓我借閱那些藏書嗎？」

諾亞被艾德的誠意打動了，他猶豫片刻後，對艾德說道：「這個我無法作主，但你可以把你的訴求告知生命之樹，讓祂來決定。」

艾德點了點頭，正要詢問諾亞該怎樣做時，便見眼前的生命之樹突然發出一陣耀眼光芒！

強光影響了艾德的視線，他只隱約看到面前似乎多出了一道人影。

當光芒消退，艾德眨了眨被強光刺痛的雙眼，在殘留的光暈中驚見身前不知何時多出了一人。

剛剛在強光下看到的人影，並不是幻覺！

布倫特等人也被突然出現的人影嚇了一跳，手都按到武器上了。只是見諾亞與傑瑞德神色如常，這人似乎對他們也沒有敵意，因此冒險者們終究沒有拔出武器。

這個選擇顯然是正確的，因爲下一秒，便見諾亞與傑瑞德都恭敬地對著這名突然出現的男子行了一禮。

傑瑞德行禮還沒什麼，然而諾亞也同樣動作，就讓眾人非常驚訝了。

因爲白色使者身分高貴，在精靈族中能夠讓他行禮的只有精靈女王一人而已，甚至在某些場合中，諾亞比精靈女王有更大的話語權。

現在突然出現一個神祕人，還理所當然地受了諾亞一禮，這人到底是什麼身分？

再想到剛才艾德與諾亞的對話，以及這人出現的方式，布倫特等人此時心裡已有所猜測。

這名突然出現的男子戴著一張精美、不知是什麼材料製成的鉑金色面具。面具遮住了他的上半張臉，讓人無法看清楚容顏。

然而單看他的輪廓，以及露出來的下半張臉，便知這是一個年輕且長得應該很不錯的青年。神祕青年氣度不凡，只一眼，便能知道不是普通人。

布倫特疑惑地看著青年，覺得這人給他一種很熟悉的感覺，苦苦思索著對方的身分。

很快地，這個問題的答案便出來了，不是布倫特認出這個戴著面具的人是誰，而是艾德直接叫破對方的身分：「皇兄!?」

艾德簡直不敢相信自己的眼睛，眼前的人雖然戴著面具，但光看見對方的身材與露出的部分面龐，他便能夠肯定對方的身分，正是他以爲死去多年的兄長！

可是安德烈當年即使沒有因爲魔族的入侵而去世，經過這麼多年，也斷不可能仍是這副年輕英俊的模樣……

艾德很有信心自己絕不會認不出兄長的模樣，難道對方與自己一樣，因爲一些特殊的狀況而渡過了漫長的時光？

艾德的眼眶忍不住紅了起來，自他甦醒後便一直被強烈的孤獨感包圍，世界變得面目全非，即使有了新的同伴，可他依然覺得自己就像無處可去的孤魂。

一夜之間失去了一切的艾德，身邊重要的、想要保護的人全都不在了。他的人生突然沒了目標與方向，只得把生活的一切重心全放在消滅魔族，與找出當年的眞相之上。

然而在夜深人靜之時，艾德總會被寂寞與孤單的心情淹沒。只覺世界之大，卻沒有任何一處可以供他容身。

可現在，他發現還有安德烈在。

艾德不再是「唯一」，也不再是「最後一個」。

無論活下來的那個人類是誰，都足以讓不再孤獨一人的艾德欣喜若狂，更何況，那人是他敬重的兄長，是他的血脈親人、他的手足！

聽到艾德帶著哽咽的呼喚，青年往艾德看去，一雙與艾德相似的紫藍色眼眸卻是毫無波瀾，就像看著沒有絲毫關係的陌生人。

相較於艾德的激動，青年淡然說道：「我不是你的兄長。」

對方一開口，便是艾德記憶中的嗓音，只是對方否定身分的話語，卻讓艾德心感不安。

明明這人無論身形還是聲音，皆與安德烈一模一樣，可如果對方是兄長，艾德不明白爲什麼他不肯承認身分，還對自己這麼冷淡？

諾亞見艾德誤會了，想到艾德是孑然一身的人類，忍不住又是歉意又是同情，後悔自己沒有事先說清楚。

雖然覺得眞相對艾德來說很殘忍，但總不能讓他繼續誤會下去。長痛不如短痛，諾亞決定直話直說：「抱歉，艾德，之前忘記對你說明。生命之樹會在人們的呼喚下幻化成人形，只是祂所顯現的形象會直接反映召喚者心裡最重要的人。也就是說，誰在你心裡佔最重要的地位，生命之樹便會使用那人的容貌出現。」

諾亞邊解釋，邊不由自主地想起妖精族的母樹。明明母樹是生命之樹的分枝，然而那一位性格活潑，經常以人形示人、並到處蹓躂，因此對於化身成人非常熟練。

相反地，生命之樹喜靜，鮮少以樹木之外的形態活動。有著漫長壽命的祂，很多時候都以沉睡來打發時間。

偶爾須要變成人形時，生命之樹便會像現在這樣稍稍偷懶，直接化身成召喚者腦海中最深刻人物的形象。

艾德怔怔地看著生命之樹所顯露的熟悉面貌，過了好一會兒，這才完全接受這個沉重的事實。

他本就身體不好，情緒大起大落之下感到不太舒服，晃了晃身體，差點暈倒。

雪糰見狀急得啾啾直叫，小小的鳥兒發出溫暖的聖光。在聖光照耀下，艾德雖仍有些不舒服，但好歹沒有直接暈倒在地。

生命之樹感興趣地看了雪糰一眼，隨即揮了揮手，一道充滿生命元素的氣息瞬間包圍著艾德，舒緩了他的渾身不適。

當暈眩感散去後，艾德張開緊閉的雙眼，入目的依然是那抹熟悉身影，只是他再也不會把人認錯了。

即使眼前的人與安德烈一模一樣，可艾德很清楚，自己的兄長已經不在了。

再相似，卻終究不是那個自己所思念的親人。

「我真的……太傻了……」艾德輕聲自嘲。

看到生命之樹幻化出來安德烈的模樣時，艾德心裡已經有了疑問，覺得自家兄長不太可能能夠存活至現在。

但終究是……心存盼望啊……

雖然心裡很難過，可艾德沒有忘記自己之前的目的，收拾了下心情後，他苦澀地看著與安德烈並無二致的身影，恭敬地向生命之樹行了一禮。

生命之樹與人類是完全不同的生命體，祂的情感很淡薄，甚至不太能理解艾德此刻複雜的心情。因此祂無視艾德的失常，淡然說道：「想借閱我的藏書也不是不行，可你用什麼來交換？」

艾德聞言愣了愣，一時之間不知道自己該交出什麼才適合。

知識是無價的，對生命之樹來說，也許只是用來消遣的書籍，但對艾德，卻有可能是找出邪教相關資料的關鍵。

在其他人看來，邪教的目的與身分並不重要，因爲邪教已經自食惡果。在魔族被召喚到魔法大陸時，最先被殺死的便是那些邪教徒，他們全都隨著魔族的出現而滅亡了。

然而艾德卻無法不在乎邪教幕後之人的身分，以及他召喚魔族的目的。

生命之樹的藏書中，說不定會有有關邪教的記載。即使眞的找不到，也可以看看魔族，或是人類滅亡時的相關資料。

擔心自己提出的條件不符合生命之樹的喜好，於是艾德乾脆把選擇權交回給對方，他取下了空間戒指，恭敬地雙手奉上：「我有的不多，都在這空間戒指裡面了，您要是有什麼想要的話，可以儘管取去。」

生命之樹接過空間戒指，感應過裡面有些什麼後，嘴角勾起了惡劣的笑意：

「什麼都可以嗎？我看裡面有一柄蘊含強大光明之力的權杖，如果我要這個，你也會送我嗎？」

艾德立即反應過來對方指的是什麼東西，頓時瞪大雙目，不知道該怎樣回應。

糟糕！忘記了大祭司的權杖還放在空間戒指裡面！

該說生命之樹目光如炬嗎？一眼便相中了戒指裡面最有價值的稀世珍寶。

艾德當然不能把權杖送人，先別說這是老師的遺物，以及這柄權杖所代表的意義，光是權杖在與魔族對戰時能夠發揮的功用，便足以讓艾德忍痛拒絕。

然而艾德卻也不想輕易放棄這次的機會，於是他沒有一口回絕，而是絞盡腦汁想找到可以讓生命之樹滿意的方法。

欣賞夠艾德糾結的模樣後，生命之樹這才大發慈悲地改變了要求，笑道：「看你這麼爲難，要不就換一樣吧。你的空間戒指裡，有某樣東西殘留著與我相似的氣息……不是精靈族，是更遠一點的血脈……裡面蘊含著眞摯的感謝與喜愛，你把那樣東西給我吧。」

說罷，祂沒有直接動空間戒指裡面的物件，而是把戒指拋回給艾德。

與生命之樹有血脈關係，卻又比精靈族疏遠……是指妖精嗎？

艾德接過空間戒指，檢視了下裡頭存放的物件，隨即不太確定地從中取出了一枚珍珠。

這是一枚金色珍珠，形狀看起來像顆小星星。只是不純的顏色與它不規則的形狀，註定了價值不會很高。

這枚珍珠是與戴利分別時，對方送給他的禮物。

當時那孩子還神祕兮兮地告訴他，這枚珍珠是海盜藏起來的寶藏，也不知道是被誰糊弄了。

生命之樹點點頭，接過了這枚小東西。只見在觸碰間，珍珠融入了祂的掌心，跟之前那些書籍被吸入樹幹時有異曲同工之妙。

艾德一開始還以爲要付出什麼沉重的代價，然而生命之樹的要求卻比想像中簡單許多，甚至令艾德有些不敢相信：「這、這樣便可以了嗎？」

生命之樹溫聲說道：「我也很討厭那些魔族，可惜我的能力不在戰鬥方面。能夠幫得上忙的話，我還是希望能夠出一分力的。」

艾德在感動的同時也暗暗鬆了口氣，至少他的權杖保住了，並且在心裡感激戴利，想不到這份不起眼的小禮物竟然幫了他的大忙。艾德決定解決了手頭的事情後，一定要回到那座海邊城鎮，帶著戴利最喜歡的蜂蜜糖去好好道謝一番。

見艾德成功獲得了生命之樹的許可，布倫特也起了與他一起進去查看資料的心思，連忙喊住他們：「請問……」

雖然以冒險者的立場來說，已經是過去式的邪教並不重要，然而艾德的請求提醒了他們，說不定生命之樹的藏書裡收錄了魔族相關的記載。

畢竟魔族不是第一次出現在魔法大陸，在深淵降臨以前，魔法大陸也曾多次受魔族入侵，說不定遠古以前的書籍，有記錄著消除與深淵連繫的方法。

然而不待布倫特把話說完，生命之樹已淡淡瞥了他一眼，不客氣地說道：「放下你的小心思吧，你們可沒有吸引我的東西可以交換。」

布倫特不好意思地笑了笑，識趣地把想要說的請求吞回肚子裡。

這些書本就像是信徒供奉給神明的供品，對方願意讓艾德借閱已是意外之喜，他們還是不去湊這個熱鬧吧。

艾德有些訝異生命之樹對布倫特竟有些不客氣，想到對方對待他們的態度一直有些冷淡，心裡更加感激戴利。

*大約是看在戴利的份上，生命之樹才願意多看自己一眼？*

彷彿看出艾德的想法，生命之樹解釋：「倒不是單純看在妖精的份上，你不知道嗎？你的身上也擁有精靈族的血統，而且是王族血脈呢。」

這答案倒是出乎艾德意料，他頓時愣住了：「咦？」

生命之樹笑著伸出了手，食指與大拇指之間比出一個只有幾公分的距離，補充道：「只有一點點啦。」

雖然有些意外，但艾德對於自己有著精靈族血脈沒有太大的感覺，畢竟這應該是隔了不知道多少代的血統了。

雖說艾德有著稀薄的精靈族血統，可生命之樹對他的態度也沒有親切到哪，依然一副冷冷的模樣：「隨我來。」

說罷，生命之樹便直直地往本體走去，最終在樹幹前消失了身影。

諾亞與艾德見狀，連忙跟隨著生命之樹的步伐，二人的身影隨即消失在眾人面前。

# 06.
# 懷疑

想不到只出來逛了一會，隊伍便少了一人。

見艾德消失，埃蒙後知後覺地驚呼了聲：「哎呀！艾德把雪糰也帶進去了。」

貝琳拍了拍埃蒙的頭，對總是一驚一乍的弟弟面露無奈：「既然生命之樹沒有反對，那應該是默許了。」

布倫特笑道：「我覺得生命之樹對雪糰滿有興趣的，在雪糰使出聖光時，祂看了雪糰好幾眼。」

埃蒙想到雪糰與他們的相遇，忍不住笑了：「記得丹尼爾也很喜歡雪糰，總一副要跟艾德爭取撫養權的樣子。」

貝琳無奈糾正：「是『飼養權』才對啦！你說得他們像要離婚的夫妻似地。」

布倫特突然想到另一件事，便說道：「話說艾德與丹尼爾一樣，都有精靈族的王族血統呢！所以他們其實是遠了不知道多少房的親戚？」

不知不覺間，不在場的丹尼爾變成了眾人談論的中心。要是他在現場，必定會一副「我與他們不熟」的模樣，遠離這群八卦的傢伙，在他們每次說及自己的名字時，忍不住臭起臉吧？

眾人談論到丹尼爾的那些內容，引得一旁的傑瑞德頻頻側目。他想不到丹尼爾與冒險者的關係竟然這麼好，這些人口中「面冷心熱的丹尼爾」，也與他所認知的有很大出入。

這令一直覺得對方性情暴戾乖張的傑瑞德很驚訝，不由得反省自己對丹尼爾的偏見是不是真的太深了。

帶領冒險者們逛過其他景點後，傑瑞德將他們送回各自暫住的樹屋，表示到晚宴時會再來接他們。

完成了接待訪客的任務，傑瑞德便前往宮殿向精靈女王覆命，順道報告他們接觸了生命之樹，並且獲得借閱書籍的許可等相關事項。

聽過傑瑞德的報告，精靈女王沉默片刻，忍不住詢問：「丹尼爾沒有與他的同伴一起行動嗎？」

傑瑞德解釋道：「他說對精靈森林的風景已經看習慣了，倒不如花時間整理家裡。」

精靈女王這才想起丹尼爾離開族中這麼久，她卻都沒有安排人爲他打理空無一人的家。明明她有丹尼爾家裡的鑰匙，對方也曾彆扭地表示自己可以自由出入他家，然而她卻從沒有想起這件事。

倒不是精靈女王不重視這個姪子，只是她一向不是個體貼細心的人，實在沒有想到這麼多。

精靈女王嘆了口氣。她一直不懂要怎樣與這個姪子相處，尤其現在孩子已經長大了，她更難以向對方表達關心。

也許，即使她想多關懷對方，丹尼爾也已經不需要了吧？

傑瑞德見到精靈女王露出歉疚的模樣，不知道該怎樣安慰對方。

與冒險者們短暫的相處後，他對那些一直覺得理所當然的事情，似乎悄然產生了不同的想法。

傑瑞德回憶起當年還小的時候，他們與丹尼爾相處時所發生的衝突，總覺得好像處處都出了問題一樣。

就像少年軍的雕像事件，直至被冒險者們指出後，他才驚覺他們的做法眞的滿過分的。

雖然沒有明確地做出欺負丹尼爾的事，但其實他們這些年紀相近的孩子全都有意無意地疏遠對方。或是因爲丹尼爾的父親常常到精靈森林鬧事，又或者因爲丹尼爾一開始孤僻的模樣讓他們有了很差的第一印象，下意識便不想與對方接觸。

欺凌與無視，傑瑞德也說不出到底哪種比較傷人。

將心比心，如果他從小到大都一直被疏遠與忽略，或許也會變得愈來愈孤僻，會對族人很失望吧。

這麼一想，傑瑞德更能理解爲什麼丹尼爾才剛成年，便選擇離開精靈森林去當冒險者了。

彙報完畢後，傑瑞德回到了衛兵的休息室。

傑瑞德身爲小隊長，一向很受其他衛兵的愛戴，見他回來，同伴立時笑著向他打了招呼：「嗨，這麼快就把客人送回去了嗎？」

精靈森林很少有外來者出入，因此不只冒險者對精靈族的生活好奇，精靈們也同樣對他們好奇得很，正計畫著在晚宴時好好與他們認識一番呢！

理所當然地，冒險者們成爲了精靈們這一天的八卦話題擔當。

「聽說他們都是周遊列國的冒險者，一定去過不少地方。」

「那兩個獸族應該是貓科的獸人吧？我超喜歡貓的呢！」

「那個紅髮的劍士是龍族，看髮色應該是火龍吧？」

「火龍不是以脾氣暴躁出名的嗎？可那人似乎脾氣不錯的樣子。」

「還有那個人類祭司，他的笑容好溫柔啊！已經很久沒有見過人類了……」

「哼！要不是人類，深淵也不會降臨了。」

「也不能這麼說，這只是部分人類的錯誤，大部分的人類是很好的。」

「就是，我以前曾受到人類的幫助，也覺得那個人類孩子看起來很不錯。」

「我們不用猜來猜去，這個問傑瑞德就好啊！」

「對對，傑瑞德，他們怎樣？好相處嗎？」

傑瑞德點了點頭，道：「他們人都很不錯，都是溫和又好相處的性格。」

聽到傑瑞德的話，其他衛兵對冒險者們的興趣更高了，都在談論著今晚要怎樣與他們交朋友。

「我原本還以爲他們和丹尼爾一樣不好相處呢，想不到似乎是不錯的人。」

「眞不明白他們爲什麼會選擇與丹尼爾組隊。」

「就是，之前看這些人針對奧布里，還以爲他們與丹尼爾是同一種人呢！」

「你們說，這到底是眞的誤會，還是丹尼爾故意冤枉奧布里？」

傑瑞德聞言頓時皺起了眉，只見其他人都若無其事地繼續聊天，除了他之外，竟沒有人覺得剛剛的對話有任何不妥。

「你們在胡說什麼呢？雖然丹尼爾有些不合群，但這些年來大家相處時，他有做過什麼對不起我們的事情嗎？既然沒有眞憑實據，就不要用惡意來揣測對方。」聽到他們愈說愈過分，傑瑞德忍不住爲丹尼爾說句公道話。

最先說丹尼爾壞話的衛兵聽到，有些不服氣地反駁：「傑瑞德你怎麼替丹尼爾說話啊？該不會你眞相信他的指控，覺得是奧布里拐走孩子們吧？」

傑瑞德道：「我不偏向任何人，這件事不是仍在調查嗎？只要結果還沒出來，奧布里就依然有嫌疑。你們可別因爲與他關係好，看守的時候便掉以輕心。」

眾衛兵訝異地對望了一眼，很驚訝傑瑞德會爲丹尼爾說話。畢竟傑瑞德與奧布里的關係素來不錯，因此以往都不太喜歡丹尼爾。

只是說到工作，其他人都端正了態度，嚴肅地表示自己絕不徇私，然而有些特別不喜歡丹尼爾的衛兵，還是忍不住嘀咕：「可我還是覺得丹尼爾對奧布里有偏見。自從雕刻少年軍雕像時，奧布里提出丹尼爾的身分不適合，丹尼爾便對奧布里懷恨在心，還多次找他麻煩。」

另一人則糾正：「他們的交惡應該是更早以前的事情吧？在魔族入侵期間，奧布里不是有次忘記叫丹尼爾去派對嗎？自那次後兩人便不和了。」

然而有人卻不認同：「我覺得是更早之前……」

「等等！」傑瑞德打斷眾人的話，問：「丹尼爾還不算是正式的精靈族人，因此不適合設立他的雕像這件事，是奧布里提出的？」

原本以爲傑瑞德又要教訓他們別說丹尼爾的壞話，想不到對方問的是這件事，而且似乎還對答案很在意。

衛兵們面面相覷，其中一人說：「對啊，當時你不是也在場嗎？我記得你也認同傑瑞德的話呢。」

傑瑞德沉默半晌，解釋：「這麼久以前的事情，我忘記了。」

他想起貝琳在詢問是誰提出丹尼爾的身分不適合設置雕像時，那若有所思的神情。

當年的傑瑞德沒有多想，只以爲是奧布里突然想起丹尼爾的身分不適合，隨口把事情提了出來。

只是聽到剛剛衛兵們的對話，顯然奧布里不只一次與丹尼爾起衝突，他似乎總是有意無意地做出傷害丹尼爾的事情。然而這些都是些小事，而且事後奧布里都有眞誠地道歉，因此從沒有人覺得有問題。

即使丹尼爾與奧布里不和，但別人談論起來的時候，都會認爲是丹尼爾小氣記仇。明明只是些小事情，丹尼爾卻一直記恨著，心胸也太狹窄了。

傑瑞德與冒險者們接觸後，耳聞了丹尼爾不同的一面，不由得開始思考起，這些眞的只是巧合嗎？

會不會……奧布里都是故意的？

他們都認爲丹尼爾老是因爲小事針對奧布里，但其實，那些對丹尼爾的傷害，正是奧布里有意爲之？

細思極恐啊……

此時的奧布里並不知道，傑瑞德已經對他這些年來的所作所爲產生了懷疑。

不過即使他知道了也不會在乎，畢竟他做的這些會讓丹尼爾這個當事人感到難受，卻不會造成任何實際的傷害。即使有人對此感到疑惑，也無法證明一切到底是意外，還是他故意的。

何況現在奧布里所有的心神都放在綁架案上，畢竟這才是眞正能夠將他致死的罪行，而且糟糕的是，他留下了一些無法清除的痕跡。

雖然精靈女王暫時沒有把他定罪，然而奧布里知道對方仍對他的說法存疑。只要他露出任何破綻，便會陷入萬劫不復的境地。

奧布里在衛兵的看守下回到家裡，所幸衛兵只在樹屋外看守，倒不至於貼身監視他的日常生活。這給予了奧布里獨處的機會，讓他可以聯絡身處牢獄中的同伴。

奧布里才剛把本命植物的藤蔓放出來，耳邊便傳來綁匪的呼叫聲：「奧布里，你快找機會放我們出去，不然我就讓你好看！」

此刻，在精靈族的牢獄中，其中一名綁匪倚牆而坐，衣袖裡暗藏一小截黑色的藤蔓，正是奧布里藤蔓的其中一部分！

原來在奧布里被捕後，短暫清醒的那些時間，他故意出言刺激丹尼爾，其實是要趁著混亂將藤蔓中蘊含著的死氣集中在枝葉末端，並把這個分離出來的部分藏到同伴身上。

因此當艾德指出他的藤蔓有異時，奧布里才能當眾放出來以消除疑慮。

不過，要是有人仔細比對，便能看出藤蔓比以前短了一截，而且仍殘留著非常微弱的死氣，幸好當時沒有人察覺出來。

綁匪知道奧布里是他們逃脫的唯一希望，因此在精靈族審問他們時，都堅稱奧布里只是個剛剛加入他們的新人。

正因爲有綁匪的供詞，奧布里才能取信族人，沒有成爲囚禁在牢獄中的一員。

綁匪願意出力並不是因爲同伴情誼，而是需要奧布里救他們出來。藏匿藤蔓既是爲對方隱藏證據，卻也同時代表掌握了對方的罪證。

這些綁匪只是因爲利益而走在一起，擔心奧布里脫罪後就丟下他們，有這藤蔓在手，他們便不怕對方不救他們出去。

即使如此，綁匪還是不住地催促奧布里行動。他們綁架的孩子不只精靈，還有龍族與獸族。因此精靈族在接收那些孩子的同時，也通知了他們的族群，兩方都表示會派人來接孩子們，以及參與綁匪的公開審判。

他們必須在此之前逃出精靈森林，不然判刑後更難找到逃脫的機會。

本命藤蔓與奧布里有著無法割捨的關聯，即使遠離了他，綁匪也能利用手中的一小截藤蔓與奧布里進行對話：「奧布里，你現在什麼狀況？什麼時候能夠把我們救出去？」

奧布里快被對方煩死，他滿臉的不耐煩，然而說話的語氣卻溫和又誠懇：「請放心，我不會放棄同伴的，只要找到機會……」

綁匪焦躁地打斷了他的話：「還等什麼機會？那些衛兵說明天就要對我們進行審判，要是我死了，你也別想活！」

聽到對方的威脅，奧布里眼中閃過殺意，語氣卻是更加溫和了，他安撫道：「我一定會救你們出來的，藤蔓還在你手裡，我也不能輕易逃跑，對不對？」

綁匪卻完全不信任他，都同伙一段時間了，他自然看得出奧布里是個怎樣的人，只聽他威脅：「要是天亮前你還沒把我救出去，我便把你的事情全告訴精靈女王！」

奧布里連忙解釋：「我需要時間，只有一晚的話未必……」

綁匪惡狠狠地說道：「我才不管你有沒有辦法，總之我說到做到！」

撂下狠話後，綁匪便斷了與奧布里的聯繫。

奧布里冷笑了聲，已在心裡對這人判了死刑。即使因爲藤蔓在對方手中而不得不把他救出來，可奧布里在心裡發誓，一定會找機會弄死這傢伙。

一次帶走精靈森林裡的多個孩子時，奧布里便已做好了被族人得知眞相後的準備，決定不會再回來了。

誰知道卻碰上冒險者壞他的好事，雖然暫時糊弄了過去，可現在的形勢依然對他很不妙。

那些被抓的綁匪隨時會出賣他，奧布里也不是沒想過丟下對方逃跑，只是卻捨不得對方手中的那截藤蔓。

精靈族成年後會選擇與一棵植物訂下契約，這種動作靈活、復元能力強悍的藤蔓，往往是他們的首選。訂契約的機會只有一次，選定本命植物後便不能再與其他植物訂約。

別看奧布里藤蔓缺失的部分不算多，可爲了不讓艾德看出端倪，分離出去的枝節中蘊含著最濃厚的能量。要是失去了這部分，藤蔓勢必元氣大傷。

何況奧布里偷偷研究死氣多年，那是他耗費不少心力融合爲己用的力量，失去了他也感到心痛。因此如非必要，他是不會丟下這截藤蔓獨自逃走的。

此時奧布里不由得慶幸，從小便有好好經營自己樂於助人的形象。即使挑選看守奧布里的衛兵時，精靈女王有特意避過奧布里的好友們，然而他在族中的人緣實在太好了，要找出與他關係不好的人實在很難。

門外的衛兵與奧布里私交很不錯，只能說連天都站在他這邊。

奧布里從窗戶探頭出去，對兩名衛兵做出邀請：「辛苦你們了，我烤了一個蘋果派，要進來嚐嚐嗎？」

其中一名衛兵明顯有些意動，但另一人卻謹記著自身的職責，搖首拒絕：「不用了，謝謝。」

奧布里失落地垂下眼簾，似乎被對方的警戒與疏離傷到了。但他很快便再次勾起笑容，溫聲說道：「那至少喝杯果汁吧，不然看到你們這麼辛苦，頂著太陽站在外面監視我，我會良心不安的。」

見奧布里強顏歡笑的模樣，那名衛兵想要拒絕的話哽在嘴邊，怎樣也說不出口了。

他的同伴見狀，便小聲說道：「只是一杯果汁而已，便答應他吧。難道奧布里會在眾目睽睽之下下毒嗎？何況我根本就不覺得奧布里是綁匪。」

同伴的勸說，以及奧布里失落的模樣，讓這名衛兵心軟了。於是他點頭道：「那就麻煩你了。」

# 07.
# 被埋藏的歷史

艾德隨著生命之樹的步伐前進時，便已猜到自己應該不會眞的直直撞上樹幹，接下來大概會傳送到對方的藏書地點。

然而在即將撞到樹幹之際，艾德還是忍不住緊張地閉上雙眼。

想像中的撞擊沒有發生，艾德只覺自己像穿過一層無形的波紋，張開雙目時，已經來到了其他空間。

以生命之樹那驚人的年齡計算，大約在魔法大陸出現智慧生命時，祂便已經存在了。可以預期，對方的藏書量一定非常驚人。

然而預想是一回事，眞正看到那些數量驚人的藏書時，艾德還是被眼前的景象震撼到了！

被帶進了異空間後，他們來到一座圖書館裡。四周滿滿都是書本，牆壁全都設置了書架，看起來就像是以書本建設的建築物似的。就連螺旋樓梯中間的圓柱都放置了滿滿的書籍，場面非常壯觀。

圖書館彷彿直達天際，抬頭完全看不到頂端。爲了方便人們來到上面的樓層，有些樓梯每隔一段時間便會移動，在某些位置，甚至能把人傳送到不同地方。

艾德亦步亦趨地跟著諾亞，完全不敢在裡面四處亂走，以免不小心被傳送到奇怪的地方。

生命之樹把艾德帶到異空間後，便不再理會他了。離開時還抱走了雪糰，顯然很喜歡這隻渾身光明氣息的小小鳥兒。

艾德見雪糰並不抗拒，便任由牠跟著生命之樹去玩了。

於是諾亞便肩負起陪同艾德的工作：「這裡的書本存放有著特定的規律，你想從哪個年代的記錄開始看起？先從人類滅亡時差不多年代的書籍開始找？」

艾德頷首，道：「好的，另外我還想看看更久以前、魔法大陸上最早有關魔族的記載。」

看到諾亞疑惑的表情，艾德解釋：「當年邪教肆虐，我曾經了解過它的信仰。在邪教的教典中，他們認爲光明神是僞神，眞正的神明『闇黑之神』已經離開了魔法大陸。闇黑之神從黑暗而生，他能夠滿足人們一切的野心與慾望。我想找找看，有沒有相關的記載。」

諾亞想了想：「我好像聽老師說過類似的故事，聽說很久以前是神明盛行的年代。人類信仰著各式各樣的神明，那時候，在人類中最享盛名的也不是光明神，而是別的神祇……也許我們可以從那個時候的記載尋找。」

說罷，諾亞便往前領路，艾德連忙跟上。

只要別人不找他說話，諾亞是不會主動與人聊天的。要不是他還得爲艾德帶路，諾亞恨不得整個人都消失，獨自一人當個安安靜靜的美少年。

距離目的地有一段距離，行走間，圖書館壯觀又奇幻的景色讓艾德看得目不暇給，卻覺得氣氛實在太沉悶了，便主動帶起話題：「說起來，上一任的白色使者是個怎樣的人？」

諾亞道：「是個轉頭沒的人。」

艾德：「……」

所以你經常眨眼之間不見蹤影，是跟他學的嗎？

似乎覺得自己下意識的回答有些破壞了老師的形象，諾亞努力為對方挽尊，還多說了幾句：「他是一個學識淵博的人，在任期間完美地履行了白色使者的職務，與其他種族的關係也非常好。」

聽起來似乎是個很不錯的人，可艾德總覺得諾亞下意識的第一個回答，才是那位前任白色使者最讓人深刻的印象……

艾德想起自己當初誤以為隱身的諾亞是鬼魂，被他嚇得不要不要的模樣，不由得又是好氣，又是好笑。

前往目的地的路線很複雜，有無數會移動的樓梯，還有看起來平平無奇、實際卻是傳送點的階梯與暗門。

一開始，艾德還試圖弄清楚書籍擺放的位置與傳送點之間的規律，但不久他便放棄了，決定當一條跟著諾亞躺贏的鹹魚。

路線太複雜記得腦袋疼，不想努力了呢！

在諾亞的帶領下，艾德順利來到他要尋找的書架前。諾亞指了指面前的書籍，道：「這都是人類滅亡那段時期的資料，你可以先看一下，然後我再帶你去看魔族在魔法大陸最初出現時記載的書籍。」

艾德頷首道：「麻煩你了。」

雖然諾亞只負責帶路，但反正待在這裡也沒事可幹，於是他便幫忙艾德一起翻查這些資料。

生命之樹的藏書並不拘泥於精靈族的書籍，這裡的書冊來自各個種族，像艾德此時所閱讀的，正是以獸族的文字所書寫的書籍。

艾德不得不慶幸身爲皇室成員，從小他便學習了其他種族的文字、語言，以及禮儀，不然這些書籍他都看不懂的話，就錯過了一個難得的機會。

圖書館雖有海量藏書，所幸真正對艾德有用處的不算很多。二人合力先把需要的書籍挑選出來，然後便開始埋首苦讀。

原先艾德有些意外諾亞只有了解圖書館的藏書分布，卻沒有閱讀過這些書籍，不過想想也能夠理解。生命之樹對於精靈族來說，大概相當於光明神在人類中的地位。那麼這些書籍，便是信徒獻給神明的祭品了。

誰會想到向神明提出借閱祂的祭品呢？

把有用的書籍找出來後，艾德與諾亞便沉浸在知識的海洋中。

這也是艾德從甦醒以後，第一次如此詳盡地直面人類滅亡時的資料。

雖然早已知道同族都不在了，也從冒險者們口中了解到當時的狀況，然而看到這些記錄當年慘狀的資料時，艾德依然無法止住心裡的悲痛。

書本的記載與冒險者們所描述的內容一致，某天，人類的國度出現了濃郁的暗黑死氣，就在其他種族派出人員趕過去查看時，才發現那裡出現了一個極具侵襲性、以死氣所形成的結界！

人類帝國因爲這個結界頓成孤島，不僅外面的人無法進去，裡面的人也無法離開。後來有人猜測，這個結界是邪教所設，他們經過上一次召喚深淵的失敗後，這次的召喚行動更加隱蔽、也更加全面。

深淵再次成功與魔法大陸連接，結界中大量的生靈成爲了祭品，人類帝國頓成死亡的國度。

最諷刺的是，那些深信能夠利用黑暗力量的邪教徒也無一倖免，甚至有人猜測他們由於身處位置最接近深淵，因此正是第一批死去的人。

眾多人類成爲召喚魔族的祭品而死去，連屍體都沒有留下。餘下的不是被蜂擁而上的魔族殺死，就是因爲吸入過量死氣而死亡或變異，即使倖存下來也活不長久。人類這個種族因而滅絕，亦爲深淵降臨時的狀況留下了諸多謎團。

深淵正式降臨後，死氣不知爲何並未迅速擴散，讓其他種族有了應對的時間。他們修改了邪教徒在召喚深淵時設立的結界，將其變成具有阻擋死氣與魔族的功效。

不得不說，當年設置結界的邪教徒，眞的是一個天才。

然而隨著時間流逝，結界的力量逐年減弱，消散也只是時間的問題而已，這正是現在魔法大陸所面臨的困境。

艾德仔仔細細看了一遍這些資料，發現的確沒有更多的東西可以挖掘了。當年在人類帝國的人們全都在深淵降臨後不久死去，無法留下任何有用的訊息。

艾德嘆息了聲，默默與諾亞一起把書籍放回原本的位置後，轉而到其他書架尋找魔族起源的記錄。

相較於人類滅亡的時間，魔族起源的歷史更加久遠，相關書冊很多都是以古文字書寫，即使是學識淵博的艾德，觀看起來也有些費力。

爲了節省時間，二人分別看過手上的資料後再互相交換溝通了下，大致了解到魔族的起源，也意外發現到一些湮沒在歷史中的眞相。

在很久很久以前，人類才剛剛誕生出宗教的概念，信仰一個名爲「眞神」的神祇。

那個時期，亦是魔族首次現身、在魔法大陸肆虐的年代。

最後眞神從異世界召喚了一名勇者，在勇者的帶領下，人們消滅了魔族之首的闇黑之神，並把魔族驅逐出魔法大陸。

艾德想了想，道：「所以魔族是由那個名叫『闇黑之神』的神明創造出來的？這倒是與邪教的教典對得上來，可惜這些史冊沒有記載勇者是用什麼把闇黑之神消滅的，又是怎樣把魔族驅逐出魔法大陸。」

「等等，我剛剛看的其中一本書籍好像有相關記載……」被艾德提醒，諾亞連忙翻查之前他看過的其中一本史冊，在裡面找到他忽略了的資料：「找到了！」

說罷，諾亞便把手中的史冊遞給艾德，指著書中其中一行簡短的文字，道：「這裡提及到，眞神賜給勇者一個可以消滅魔族的聖物。」

「聖物？」艾德霍地抬頭，連忙接過史冊往諾亞指示的部分看去。

可惜那的確只是極其簡短的一句話，關於聖物是什麼，沒有詳細的說明，只提及是「可以隨使用者心意而改變形態」這個特點，此外再沒有更多的描述了。

就這麼點資料，也難怪之前諾亞一不小心便把它忽略過去。

「雖然資料不多，但我可能知道史冊中提及的『聖物』是指什麼。」艾德想了想，說道。

諾亞聞言雙目一亮，想不到艾德給了他一個驚喜。「是什麼？是光明神教的東西嗎？」

他們這些年來一直與魔族戰鬥，卻只能拖延它們侵略的步伐而已。果然最了解魔族的，還是人類祭司這個專剋魔族的死對頭吧？

然而艾德卻搖了搖頭，表示諾亞猜錯了：「與光明神無關，那是皇室代代留傳下來的聖物，只有皇室血脈才能激發它的力量。至於它的來歷，則已經無從考證，我也無法確定皇室的聖物與史冊中眞神賜給勇者的聖物是不是同樣的東西。但我所知道的聖物，確實有著擊退魔族的能力。在深淵降臨以前，邪教曾經舉行過一次大型的召喚儀式，只是當年皇室應對及時，及時利用聖物的力量阻止了深淵降臨。」

說罷，艾德垂下眼簾，道：「可惜聖物在那次戰爭中不見了，不然邪教第二次召喚深淵時，人類也不至於會全滅那麼慘。」

艾德沒有說的是，邪教首次舉行的召喚儀式害他的父皇戰死，懷孕中的母后逼不得已前往前線使用聖物進行封印，最終被死氣侵蝕早產死去，這也導致他的身體不同尋常地病弱。

這些悲傷的過去被艾德藏在心裡，若是說出來，彷彿像是要故意引起別人同情似地，艾德不喜歡這種感覺。

不過這麼說起來，其實艾德也算是參與過那場戰爭的人了，雖然當時的他還只是一個未出世的胎兒。

聽過艾德的解釋，以及對皇室聖物的形容後，諾亞覺得這個聖物與史冊中記載的非常相似。可惜現在已經不知蹤影，只能往後多加留意了，說不定它能夠成爲封印深淵的關鍵。

雖然在人類這邊的史冊內容一無所獲，然而艾德卻震驚地發現，其他種族的記載卻與之有著極大出入！

那是一個有關神明的、不得了的驚人祕密！

其他種族對神明的記載與人類的史冊有著根本的不同……不，應該說是人類那邊故意把一部分真相隱瞞了。

其他種族的記載中，所謂的神明——無論是當時人類所信仰的「眞神」，還是被人類視爲萬惡之源的「闇黑之神」，其實都是由人類轉變而成！

甚至那些與闇黑之神同源的魔族，也是由人類創造出來的！

那個一手創造神明與魔族的人類，可說是個絕對的天才，他只是在人類之中進行了輿論引導，自編自導了一場眞神與闇黑之神敵對的好戲。

兩個僞裝神明的人類，其實一開始只是天生對光明與黑暗元素有著特殊親和力的人而已。可他們被推上神壇、接受了眾人的敬仰與畏懼後，強大的信仰之力竟令他們漸漸變得強大，最終化爲眞正的神祇！

艾德看得目瞪口呆，總算明白爲什麼一開始在史冊中看到「眞神」這個名字時，感覺會如此彆扭了。

在名字裡這麼強調自己是「眞的」，總透露出一種心虛的感覺。原來，那位「眞神」只是個力量特別強大的人類而已。

最初的神明與魔族都是人類所創造，那麼……說現在魔法大陸上的困境是由人類自己造成的，其實也不算是冤枉了我們？

諾亞見艾德一臉沮喪，想到對方是個虔誠的教徒，心想這個眞相對艾德來說，大概讓他很受打擊吧？

對於信徒，神明是他們侍奉與信仰的存在，是他們理所當然的「上位者」。可現在事實卻告訴艾德，其實神明一開始與他們沒有任何分別。甚至要是沒有信徒提供的信仰，所謂的神明什麼也不是。

如此一來，神明不再是高高在上施捨人類的存在，反而像是依賴人類才能生存的寄生蟲……

諾亞很擔心艾德，但他一向不太懂得怎樣與別人相處，雖然有心安慰對方，卻嘴拙地不知道該說什麼才好，只能呆站在旁邊一臉焦急。

艾德花了點時間平復心情後，扭頭便看到滿臉焦慮的諾亞，奇怪地詢問：「諾亞，怎麼了？」

諾亞努力想了很久，也不知道該怎樣說艾德才能覺得好過一些。聽到艾德的詢問後，他還是決定把心裡的想法直接道出：「我只是很擔心你。因為你是光明神的信徒，可現在卻知道神明是由人類的信仰產生……你、你會因此對光明神幻滅嗎？」

艾德聞言，總算明白諾亞在糾結什麼了，原來對方在苦惱著該怎樣安慰他呢！

對方真誠的關心讓艾德感到很溫暖，他微笑道：「無論光明神是不是因為人類的信仰之力才能存在，可祂的確是一個充滿慈悲的神祇。我之所以信仰光明神，也不是為了從中獲得任何好處，相反地，我是為了能夠服務人們，這才成為了光明神的祭司。」

諾亞聞言一臉的莫名其妙，顯然無法明白艾德的想法。

像那些邪教徒，冒這麼大的風險召喚深淵，不就是認為闇黑之神會實現他們的野心嗎？諾亞以為所有宗教都是一樣的，為了獲得某樣事物，才會信仰著虛無縹緲的神明。

見諾亞一臉不解，艾德解釋道：「從小我的身體就很孱弱，因此一直感到很自卑，覺得自己就像個廢人一樣。然而光明神卻給了我機會，讓我成爲祭司，擁有力量後，也能稍微變得有用處了。」

宗教對艾德來說，並不是有求必應的神蹟，而是讓他重新相信希望。

第一次利用祭司的能力治好患者後，艾德驚覺自己也可以是有用的人。即使是這樣子的他，也是可以幫助別人的。

因此他有了勇氣，有了信念，有了光。

聽到艾德的話，看到他眼中堅定不移的溫柔與信念，諾亞恍然地想，也許艾德之所以能夠成爲出色的祭司，還被大祭司選定爲繼承人，並不是因爲他有多卓越的天賦，而是因爲其他原因。

比如……他那顆溫暖的、如金子般純善的心。

就在艾德與諾亞討論著這次收集到的資料時，安德烈……應該說是生命之樹的嗓音平空響起：「這麼晚了，你還待在這裡不用吃晚飯嗎？」

艾德這才驚覺不知不覺已經晚上了，他們一直沉醉在書海中，沒有察覺到時間的流逝。

直至生命之樹提醒，他們才發現已過了這麼久。想到晚上還有特地爲冒險者準備的宴會，頓時焦急了起來！

反正已經把需要的資料看過一遍，也是時候該離開了。二人匆匆忙忙地把書本放好，便向生命之樹告辭。

當他們離開生命之樹的空間後，果見天色已經暗下。

生命之樹喜歡清靜，所處位置離精靈族的聚居地有些距離，一般精靈族人也不會在晚上去打擾祂，因此四周可說是一片漆黑。

在聖光球的照明下，二人急忙向著聚會的地方趕去。

艾德心裡暗暗懊惱，覺得自己這次眞的太失禮了！只是事出有因，希望精靈族不會介意他的遲到。

然而當二人接近精靈族的居住地時，很快便察覺到情況有異。

居住地燈火通明，除了照明的燈火以外，精靈族在四周種了一些會在夜間發光的植物。因此晚上的小路都很明亮，還如夢似幻地非常漂亮。

何況精靈族對於美感非常挑剔與重視，不是隨便地把這些發光植物種在路邊就算，他們發揮各自的技巧，把這些植物變成了藝術品。

有的發光植物被修剪成小動物的形象，有的枝葉交錯成漂亮的圖案……

然而此刻艾德卻無心觀賞眼前這在其他地方難得一見的美景，他與諾亞對視一眼，從對方的眼神中確定了彼此的想法。

出事了！

不遠處的居住地除了照明的燈火及那些發光植物外，還有火把的光亮四處晃動，顯然有不少人正拿著火把在跑動。

艾德想起自己不久前聽到精靈女王談及晚上要開宴會，曾聯想到在獸族舉行宴會那時發生的意外，心裡祈望著這次能一切順利。

誰知道怕什麼來什麼，看樣子還是出狀況了！

艾德聽到了前方傳來呼叫聲，只是距離有些遠，聽不清楚對方在呼喊著什麼。

然而艾德聽不清楚，聽覺比人類靈敏的諾亞卻能夠聽到呼叫聲的內容。

「艾德……似乎是奧布里逃走了！」

艾德聞言瞪大雙眼，立即加快步伐，向著人聲噪動的方向跑去！

# 08.
# 逃脫

「是那個人類祭司！」

「太好了！」

「他們說不定有救了！」

艾德才剛來到這些拿著火把的精靈族衛兵身前，還沒來得及詢問狀況，便見這些人鬧哄哄地歡呼著，一名衛兵更是像抓到救命稻草似地抓住他的手臂。

艾德下意識想掙脫，然而卻在聽到他說有人受傷時停住了，反過來抓住對方，焦急地詢問：「有人受傷了？共有幾名傷者？傷勢如何？」

衛兵被艾德緊張的態度弄得一愣，下一秒反應過來，連忙邊走邊簡單地交代發生了什麼事：「負責看守奧布里的兩個衛兵突然喪失了理智，出手攻擊四周的人。布倫特說你們曾經遇過類似的事情，祭司的聖光能夠讓他們恢復理智，因此我們便來找你幫忙了。」

艾德聞言皺起了眉。他之前還在想著精靈族的宴會會不會像獸族那時一樣出意外，結果現在不僅真的出狀況，而且情況還與獸王被魔蟲控制時的情形非常相似！

幸好艾德當時沒有把心裡的想法說出來，不然別人都要以爲他是烏鴉嘴了！

大致弄清楚發生了什麼事情後，艾德稍微鬆了口氣。如果那兩個衛兵的情況眞的與當初的獸王一模一樣，那麼至少他有信心能夠把人治好。

只是，精靈族爲什麼會有人出現這種狀況？

是魔族入侵了精靈族？

還是……

「聽說奧布里逃跑了？」艾德邊走邊詢問。

提及奧布里，那些衛兵的神色頓時變得很難看。

這些人原本很信任奧布里，甚至當中還有人爲了維護他，而在背後說冒險者們的壞話。

然而事實卻狠狠甩了他們一巴掌，雖然還沒有證據證明衛兵的事與奧布里有關，只是事情太過巧合，奧布里更正好抓緊了這個機會趁亂逃跑，怎樣想，他都脫不了關係。

面對艾德的疑問，一名衛兵點頭道：「是的。」

艾德見對方神色難看，一副不想多談的模樣，便識趣地沒有追問下去。現在最重要的是兩名衛兵的安危，奧布里的事自有別人來煩心。

很快地，艾德趕到了出事現場，兩名出狀況的衛兵已經被其他人制伏。這些出手制止混亂的人當中，便有艾德認識的傑瑞德。

精靈女王及冒險者都在現場，只是艾德顧著衛兵的狀況沒有與他們多說什麼，匆匆向他們頷首示意後，立即往兩名被壓制著的衛兵快步走去。

兩名衛兵被多人壓制，明明已經沒有任何反抗能力，卻依然徒勞地拚命掙動。特別是當艾德接近時，他們掙扎得更加激烈，即使把自己弄傷也在所不惜，就像兩頭發瘋的野獸般。

本來情況已經讓精靈族焦頭爛額，然而禍不單行，森林裡有幾處地方突然出現了濃煙，精靈女王見狀，神色瞬間變得很難看：「有人在森林裡放火！」

這可比有人脫逃嚴重得多，性質也更加惡劣。

精靈森林植物茂密，精靈們的居所又大都是木製的，是非常容易燃燒的材質。再加上精靈們的自然之力可以驅使植物，卻不擅長滅火。森林裡若出現火災，很可能會造成一發不可收拾的局面。

火災出現的時機太巧合了，很難不讓人往奧布里身上去想。

傑瑞德邊用力壓制著其中一名發瘋衛兵，邊咬牙切齒地道：「奧布里那小子……實在太過分了！」

爲了方便自己逃跑，便要放火燒掉自己的故鄉嗎？

難道他對精靈森林就沒有絲毫感情與留戀？

艾德因爲森林裡的火災而分神片刻，然而確定了大火暫時燒不到他們所在的地方後，便不再理會此事，全心全意投放到治療傷患上。

檢查了二人的狀況後，艾德對他們施放了治療術，耀眼聖光照耀了四周，被死氣控制的二人察覺到異狀，掙扎的動作越發猛烈。

二人力氣大得驚人，幾名衛兵合力仍快要壓不住他們，差點兒被他們掙脫！

所幸聖光迅速發揮了作用，二人痛苦地彎腰吐出一灘黑色液體。隨即漸漸停下了掙扎，目光迷茫地打量著四周：「我……我怎麼了嗎？發生了什麼事？」

見二人恢復了神智，艾德停止輸出聖光，上前檢查他們吐出來的嘔吐物。

這些嘔吐物臭不可言，然而從小跟隨教廷的部隊四處治病救人，艾德對此習以爲常，再髒再累的事情他都經歷過了，畢竟治療患者很多時候都避不開這些。

看著艾德面不改色地查驗二人的嘔吐物，四周的精靈族頓時面露敬佩。精靈族愛美、愛潔淨，不少人還與丹尼爾一樣有潔癖，最最受不了髒亂。

因此當艾德確認了兩名衛兵體內的死氣已經隨著嘔吐而離開身體、抬起頭後，便莫名其妙地接收到一眾精靈族的敬仰眼神。

艾德：「呃……他們已經沒事了……」

*怎麼這些人的眼神這麼激動？*

*難道……是被我剛剛驅除死氣的樣子帥到嗎？*

看出艾德的不自在，精靈們好歹還是把表情收斂了一些，只是艾德剛才展現出來的實力，以及他毫不動搖救治傷患的模樣，仍深深烙印在他們心裡。

部分因爲艾德的人類身分，又或者因爲與奧布里交好而對艾德心有芥蒂的精靈，經此一事後對他大有改觀，同時也因之前的是非不分感到羞愧。

兩名被死氣侵體的衛兵依然搞不清楚狀況，他們不久前覺得意識混亂，並且生起了不少邪惡的念頭。

即使隱約覺得不對勁，但那時候他們已經無法控制自己了，很快便失去意識。直至現在清醒過來，只覺得渾身痠痛，好像被人打了一頓一樣。

環顧四周，看見幾個同僚緊張兮兮地壓制住自己，附近還殘留戰鬥的痕跡……

二人深感不妙。

特別是回憶起之前心裡那莫名浮現的邪惡念頭時，他們嚇得臉都白了！

該、該不會自己在失去意識的時候把那些想法付諸行動、做了什麼無法挽回的事情吧？

傑瑞德因下屬輕易遭到暗算而氣憤萬分，他明明已經告誡過二人別因爲與奧布里關係好就掉以輕心，誰知道他們還是中了暗算，更讓人逃跑了，傑瑞德深感恨鐵不成鋼。

原本他還打算把事情說得嚴重一些嚇唬他們，然而看到二人清醒後如此後怕的模樣，傑瑞德還是心軟了。

算了，再不成器也是自己的下屬……就別再嚇他們了。

只是讓看管的人逃跑一事絕對不會就這樣事了，回去得要好好處罰他們，讓他們長長記性！

得知這次失控沒有造成人命傷亡，兩名衛兵一直提著的心這才放下，卻不知道他們放心得太早了，接下來還有嚴厲的處分等待著他們呢！

這次鬧出這麼大的事，他們不敢有所隱瞞，便把喝了奧布里果汁的事全盤托出。他們覺得如果奧布里要暗算他們，這杯被他們喝進肚子裡的果汁最有嫌疑。

艾德也認同他們的猜測，說道：「我之前也遇上被魔蟲控制的人，同樣是以侵入的方式進入宿主的身體，再利用死氣影響宿主的神智，從而讓他發狂。」

傑瑞德疑惑道：「可奧布里只是普通的精靈族人啊！之前我們已經確認過，他沒有變異，又到底是怎樣把死氣融入果汁裡？」

艾德嚴肅地再次重申奧布里的危險性：「與奧布里對戰時，我們是眞的看見他的本命藤蔓附帶濃烈的死氣。雖然不知道他用什麼手段隱藏了藤蔓的死氣，但我發誓絕對沒有冤枉他。這次暗算衛兵的手段我也有所猜測——很有可能他在榨取果汁時，把少量附有死氣的藤蔓也一併加進去了。」

艾德猜的沒錯，雖然大部分死氣已經隨著那截藤蔓分離開去，但奧布里的藤蔓依然殘留些許微不可見的死氣，被他利用來暗算看守的衛兵了。

此刻艾德非常後悔，要是當初奧布里放出藤蔓的時候，他能夠頂住壓力檢查得徹底一些，說不定便能察覺到端倪。

聽過艾德的猜測，精靈族都覺得有理有據，認爲眞的非常符合現下連串發生的事情。

植物能夠斷枝再生，少了小部分枝葉並不會對他的藤蔓造成太大傷害。這些帶有死氣的藤蔓汁液被衛兵喝下，最終達致讓人發瘋的效果，讓奧布里能趁亂逃跑……

這一環扣著一環，奧布里之所以能夠逃跑成功，歸根究柢還是因爲眾人一開始不相信艾德的指控。

曾在背後嘲笑過艾德的精靈們，都覺得被現實狠狠甩了一個大巴掌，臉上火辣辣地痛。

「可是……這也只是你的猜測而已。」

「這樣又怎麼解釋，爲什麼之前奧布里的藤蔓沒有你所說的死氣？」

有些與奧布里關係非常好的精靈族族人，依然不願意相信對方會對衛兵們下毒手。

不過他們也沒有說錯，艾德的確沒有證據。而且艾德自己也尚未弄清楚，到底奧布里當時是怎樣瞞過大家，讓他在放出藤蔓接受檢查時，讓人完全看不出異樣。

然而就在艾德回想奧布里下毒的手段之際，他靈光一閃地想到了一種可能性。

有沒有可能，奧布里也是像這次一樣，把藤蔓捨棄了一部分呢？

只要把死氣集中在藤蔓的枝葉，然後將那部分切斷……這絕對可行啊！

可如果這個猜測成立，那麼那截藤蔓是什麼時候割捨的？

是丟棄了？還是被奧布里藏了起來？

把死氣運用到本命植物上，自身卻沒有出現異變，想必不是一件容易的事情。因此艾德傾向奧布里不會輕易把蘊含死氣的部分藤蔓丟棄，更有可能是藏了起來。

奧布里曾在馬車中保持短暫清醒，還故意出言挑釁丹尼爾……

他那時便有機會把藤蔓分離出來，如果不是丟棄或藏在自己身上，最有可能的便是藏在其他綁匪身上了！

所以他挑釁丹尼爾，就是想引誘對方揍他，好製造混亂方便把藤蔓藏起來嗎？

想到這裡，艾德立即詢問精靈女王：「陛下，除了搜索離開森林的各個通道以外，有派人到牢房查看嗎？」

精靈女王頷首：「已經派人過去了，應該很快便有消息。」

說罷，她補充道：「一開始被突然發瘋的衛兵與奧布里的逃脫吸引了注意力，後來又忙著救火，根本顧不上那些被關押的綁匪。還是經布倫特提醒，我才想起派人過去看看情況。」

艾德聞言看向布倫特，問道：「布倫特，你也是想到奧布里也許會把蘊含死氣部分的藤蔓交給同伴看管，才建議派人去牢房看的嗎？」

然而布倫特卻搖了搖頭說道：「我倒是沒有想到這點，只是我們把人帶到精靈森林時，那些綁匪不是為奧布里打掩護，向精靈族提供了假的證供嗎？我猜奧布里應該給了些好處收買了他們，比如允諾把人救出去之類。」

一旁的丹尼爾補充：「雖然我不覺得奧布里是個會信守承諾的人，可那些綁匪不像蠢才，既然願意幫他，可能很大機會也抓住了奧布里的把柄，不怕他丟下他們獨自逃跑。」

艾德聞言嘴角一抽，心想丹尼爾還真的毫不顧忌地表達出對奧布里的厭惡呢。

不過現在精靈族的人已經看清楚奧布里的真面目，不會輕率地偏袒他，甚至因此誤會丹尼爾了吧？

此刻的奧布里的確如艾德所猜測般，沒有立即逃離森林，而是選擇前往關押綁匪的牢獄。

精靈森林失火是頭等大事，大部分衛兵都跑去救火與維持秩序了，還有一部分前往離開森林的主要道路捉拿奧布里，就連那些負責看守監獄的衛兵都分派了不少人手幫忙。

這正好給了奧布里輕鬆闖入監獄的機會，他一向是個聰明人，在決定參與綁架時，早已準備好退路。

他積極參與族中的各種活動，與眾人打好關係，並且摸清楚精靈森林中的每一條路線，把所有可以藏人的地點、不爲人知的暗道全記在心裡，就是爲了這一天做準備。

正因爲有以往的努力，奧布里才能在被捕後依然獲得大部分族人的信任。亦能夠在擺脫了監視自己的衛兵後，像現在這樣避開眾人來到監獄。

不久前族中傳來有關魔族的消息，提到出現了一種可以潛入人體且控制宿主思維的變異魔蟲。奧布里從中獲得了靈感，研究出利用藤蔓內含的死氣，使其潛伏至人體，再讓對方發狂的方式。

讓死氣入侵人體不難，難在控制潛伏至症狀發作的時間。奧布里當然不會只滿足於利用死氣把人弄死，爲了研究出使用的分量與發病時間之間的關聯，都不知道弄死多少頭森林裡的小動物了。

可以說奧布里這次能夠順利逃走，都離不開他的先見之明，以及爲之準備了很久的努力。

當奧布里來到監獄時，獄裡的衛兵已經趕去救火了。對於這些衛兵來說，犯人都關在牢房裡跑不掉，救火才是刻不容緩的事情，因此他們只留下一名衛兵看守牢裡的犯人。

看見突然闖進來的奧布里，這名衛兵還沒來得及做出反應，便被對方擊暈。

沒有把人殺掉，倒不是因爲奧布里心慈手軟，而是監獄裡設有魔法，如果牢房被人暴力破壞，又或者守衛的生命體徵消失，就會觸發警報。

奧布里在守衛身上摸出了鑰匙後，來到關押綁匪的牢房。兩名綁匪已在大門處等待他了，其中一個身材健壯的綁匪還緊握住原本屬於奧布里的一小截黑色藤蔓，他晃了晃，臉上露出威脅又惡劣的笑容。

奧布里皺了皺眉頭，沒有立即放人出來，他對裡頭的兩個綁匪說道：「外面情況嚴峻，我找到了一條暗道，問題是走這條路得渡河。之前我有預先在河邊藏起一艘木船，只是木船不足以讓三人搭乘，你們之中只有一人可以隨我一起離開。」

牢房中的兩人分別是那個在暗道裡遇上丹尼爾與埃蒙的綁匪，以及挾持克莉絲汀當人質的大塊頭。

他們都是獸族，只是前者靈巧纖瘦，在隊伍中負責探聽情報及做些技術性的工作；後者卻高大壯碩，是隊伍裡的武力擔當。

因此前者很清楚，要是奧布里只能帶一人離開，他完全不佔優勢，有很大機會會被放棄。

就在他努力說服著兩人帶他一起走時，另一名綁匪冷笑了聲，舉起獸化的利爪就往他迎面拍下！

想不到身旁的同伴會突然下此毒手，他的臉上瞬間劃過幾道深可見骨的傷口。在淒厲的慘叫聲中，健壯的綁匪毫不留情地再補了一爪，慘叫聲便戛然而止。

短短幾秒內，一條鮮活的生命就這麼消逝了。

綁匪把獸爪變回原形，不在意地抹了抹濺到臉上的血跡，對奧布里道：「現在只有一個人了，可以開門了吧？」

這人才剛殺死同伴，依然渾身殺氣，身上更濺上不少鮮紅的血跡，只是奧布里卻像是沒有看到一樣，既不意外亦不驚恐，淡定地應了聲：「好啊。」

殺人在這兩人眼中，跟踩死一隻螞蟻沒什麼差別。

綁匪原本還打算嚇嚇奧布里，誰知對方表現得這麼淡定，這讓他感到很不爽。就像說了個笑話，結果對方聽到後卻完全沒有笑出來的那種鬱悶感。

於是他向奧布里示威地再次緊抓住藤蔓，還充滿惡意地用力捏著它，道：「動作快一些！不然我一不小心，便要把這小東西捏死了！」

奧布里眼中閃過一絲慌亂，他壓抑著怒意說道：「我人都站在這裡了，自然會信守承諾。這一小截藤蔓很脆弱，要是你把它捏死了，我就把你丟在這裡！」

也許被主人激動的情緒影響，又或者綁匪的手勁讓它受不了，藤蔓開始掙扎了起來。然而它實在太弱小了，只能在綁匪手背劃上幾條不痛不癢的小傷口。

綁匪見狀哈哈大笑，直至藤蔓眞的快要被捏死了，他才在奧布里緊張的注視下放鬆了力度。

奧布里打開牢房大門後，立即一臉心疼地要把藤蔓接過來。誰知綁匪竟然撥開他的手，並且厚顏無恥地說道：「等離開精靈森林後，我自會把它還給你。」

奧布里生氣地與他對質：「這跟我們說好的不同！」

綁匪得意洋洋地看著奧布里氣得七竅生煙，但卻拿他沒辦法的模樣。

這個綁匪可從沒想過實踐諾言，雖然他對自己的實力很有自信，但奧布里的藤蔓詭異得很，要是對方重獲藤蔓，說不定會多生枝節，所以藤蔓還是讓他繼續保管比較好。

至於離開精靈森林後會不會眞的把藤蔓還給奧布里？

綁匪心裡冷笑了聲。他這次把人得罪狠了，自然不會讓對方有機會活著離開。他已經想著安全離開精靈森林後，就要找個地方幹掉奧布里。

然而綁匪得意忘形的笑容展現不了多久便僵在了臉上，只因他驚懼地發現右手突然不受自己的控制！

綁匪不由自主地鬆開了手，被他抓在手中的藤蔓掉落在地，被早有準備的奧布里迅速召了回去！

綁匪想阻止藤蔓逃脫，但不僅右手，又麻又痛的感覺從手臂迅速蔓延，令他自顧不暇。

很快地，他大半身子都已經不受控制，不祥的紫黑色遍布他的皮膚，看起來非常恐怖。

「奧布里！你做了什麼!?快替我解毒，不然我揍死你！」綁匪驚駭地大叫大喊，即使到了這種時候，他還是習慣性地虛張聲勢，可惜他的叫喊聲已經喚不來奧布里的一個眼神了。

看著本命藤蔓把失去的部分重新融合回來後，奧布里轉身即走，把慘叫著的綁匪留在身後。

✦✧✦

奧布里逃亡，精靈族派出大批人手進行搜捕，同時亦把老弱婦孺保護起來，就怕對方會狗急跳牆地傷害無辜的人。

自從奧布里有了向衛兵下毒的嫌疑後，精靈族也學乖了，不得不以最大的惡意來揣測他，就怕一時大意反被他鑽了空子，造成人命傷亡。

出了這種事，宴會自然辦不下去。

冒險者們不方便插手追捕奧布里的事，精靈女王身爲一族之主，也不會親自下場找人，而是坐鎮在大後方主持大局。於是他們便成爲忙碌的眾人之中，少有的顯得清閒的幾個。

對於緊急中止了宴會，精靈女王心裡有些過意不去，便邀請冒險者們到宮殿用餐，總不能讓客人餓著肚子乾等，那也太失禮了！

於是一行人前往宮殿，艾德與同伴會合後，很快發現到被布倫特抱在懷裡的幼龍。

幼龍顯然也察覺到艾德的注視，抬頭與他對望了一眼。爬蟲類的豎瞳冷冰冰的彷彿沒有任何感情，艾德被對方盯得毛骨悚然。

然而下一秒，就見布倫特散發出一絲帶有警告的龍威，幼龍於是默默移開了視線，窩在布倫特的懷中裝死。

感受不到幼龍的敵意後，艾德這才鬆了口氣，詢問布倫特：「這是？」

布倫特無奈地解釋：「龍族的幼崽野性太重，攻擊力強大且不讓別人近身，精靈族的人無法接近他。因此在龍族派代表前來以前，這孩子都由我來照顧。」

說到這裡，布倫特不由得羨慕獸族幼崽的省心。

雖然同樣是獸體，可獸族的孩子卻早早便生出靈智，即使還是會受到野性本能的影響，但至少不會像一般野獸一樣，無差別攻擊他人。

看看那些被拐賣的獸族幼崽，現在都乖乖接受著精靈族的保護與照顧，完全不用貝琳與埃蒙費心，真是有比較有傷害啊！

到達宮殿後，冒險者們總算能夠用餐了，但他們才剛吃不久，一隻腳上綁了便條的鳥兒就飛了過來，帶來新的消息。

雪糰好奇地盯著送信的鳥兒看，可惜人家完全不理會牠，把信送給精靈女王後，拍動著翅膀直接飛走了。

雖然冒險者看不到便條上寫了什麼，然而光從精靈女王變得難看的臉色便得以看出，這隻鳥兒帶來的是一個壞消息。

精靈女王也沒有瞞著冒險者的意思，她很乾脆地與他們共享情報：「衛兵已經到牢獄查看了。你們的猜測是對的，奧布里真的沒有立即逃離森林，而是先去了牢房一趟。可惜當衛兵趕到時，他已經逃跑了。」

丹尼爾覺得精靈女王的表情這麼難看，可不僅是因爲衛兵攔截不到奧布里，便詢問：「奧布里把那些綁匪救走了？」

不過這一次，丹尼爾卻猜錯了。

只見精靈女王搖了搖頭，否定了丹尼爾的猜測：「不，奧布里把那些綁匪全都殺了！」

即使是早已確信奧布里不是好人的冒險者們，聞言也忍不住驚訝得瞪大雙目。

奧布里果然……是個狠人啊！

# 09.
# 那個男人

毫不留情地收拾掉所有同伙、讓眾人大爲吃驚的奧布里，此時已利用早就預備好的木船成功渡河，把追兵遠遠甩在身後了。

想到那個綁匪被藤蔓反殺時驚愕又恐懼的神情，奧布里忍不住大笑出聲。

爲什麼有人這麼蠢呢？

抓住小小一截、看似脆弱的藤蔓便掉以輕心，甚至以爲這是可以用來威脅別人的籌碼，卻不知道其實是隨時可以取他性命的危險物品。

他也不想想，那藤蔓看起來再弱小，也是承載了所有暗黑死氣的部分啊！

那人竟然徒手把藤蔓抓住這麼久，而且還被它割出了小傷口，眞是太愚蠢了！

果然人們都會輕易被無害的外表欺騙，就像精靈族的那些白痴，這些年來不就被自己騙得團團轉嗎？

雖然心裡很看不起那些愚蠢的族人，可不代表奧布里討厭他們。相反地，他愛死了這些天眞又善良、可以被他輕易愚弄的人們了。

就像那個男人，不也深愛著人類嗎？

想到那個改變了他生命的人，即使是逃亡中，奧布里還是有些恍然。

如果當年沒有遇上對方，也許自己現在只是普通的年輕人，與那些愚蠢的族人沒有什麼不同了吧？

他也許依然會把自己包裝在無害的假象中，將對其他族人的不屑與嫉妒隱藏在內心深處，卻不敢做出任何越雷池的事情，謹言慎行地生活著。

遇上這個男人，是奧布里此生獲得的最大恩賜。

正因爲有那次的相遇，奧布里甚至覺得成爲孤兒也不是那麼難以接受的事情。

之所以這麼說，是因爲父母的死亡，正是奧布里與對方相遇的契機。

當年奧布里的父母被人類殺死，令他非常怨恨人類這個種族。當時他的年紀小，做事衝動，心心念念著要對人類報仇。

奧布里也知道自己人小力弱，也許暫時無法對人類做什麼，可他還是很想親眼看看害他變成孤兒的人類到底是個怎樣的種族。

於是小小年紀的他，便趁著晚上偷偷離開了精靈森林，想獨自一人前往人類的國度。

然後理所當然地，他還沒成功離開森林，就被當值的衛兵抓住，並且好好教育了一番。

精靈族當然不會讓奧布里如願離開，畢竟孩子還小，獨自一人離開了族中的庇護，還不知道會發生什麼事情。更別說那時候的奧布里沒有掩飾對人類的仇恨，他們眞怕這孩子會做出什麼不可挽回的事。

而且說眞的，這小孩別出意外已經很好了，還想著要報仇呢……到時候根本不知道是誰幹掉誰。

往後的好一段日子裡，精靈族的人都看他看得很緊，就怕一時不慎，眞的讓奧布里跑了出去。

奧布里一直找不到機會離開，直至有天一名龍族旅者拜訪精靈森林。

聽說這名旅者是火龍一族的上位者，還是龍族長老的親屬。然而他是個怪人，性格與一般巨龍格格不入，於是他離開了龍族四處旅行，且與人類皇室的關係非常好。

這次他前往精靈森林，便是代表人類前來拜訪，以人類大使的身分與精靈族商議一些事情。

得知龍族旅者離開精靈森林後便會回到人類帝國覆命，這讓奧布里找到了前往人類國度的機會，在旅者離開時偷偷爬上了對方的馬車。

誰也猜不到奧布里會這麼做，結果還真的讓他成功了。

然而奧布里沒有開心太久，馬車離開精靈森林後，竟然在前往人類帝國的途中遇上了搶劫！

雖然那人是龍族，但看起來卻是斯斯文文、一副不太能打的模樣，完全沒有龍族應有的氣勢。何況龍族今日已不同往昔了，他們不能自由變回巨龍形態，只能以人形進行戰鬥。

相反地，那些劫匪全都長得高頭大馬，看起來非常不好惹，而且人多勢眾，怎麼看龍族旅者都打不贏他們啊！

奧布里嚇得縮到了行李堆中，心裡非常後悔自己的魯莽。

他覺得男人很快便會被宰，然後這些劫匪會抓到自己，自己就會像族人經常告誡的那樣被賣走……

想到這裡，他覺得很不甘心，不願意坐以待斃，躲藏了一會後鼓起勇氣探出頭，打算趁雙方混戰之際，找機會逃跑。

結果一探頭，卻看到了不得了的事情！

奧布里看見四周燃燒著火焰，火焰就像巨浪般往劫匪們席捲而去！

對方是頭火龍，原本奧布里不該對他運用火元素而大驚小怪，但這人所使用的火焰非比尋常，既不是平常所見的橙紅，亦不是極高溫度所顯現的青藍色，而且充滿著死氣的黑色火焰！

黑色的火焰沒有溫度，這也是爲什麼奧布里躲藏在行李堆時，沒有察覺到已經被火焰包圍了。

他一輩子也忘不了眼前的情景，那個男人站在一片火海中，泛著死氣的黑色火焰就像黏稠的毒液，將四周生命全染上代表死亡的黑色。

奧布里原以為那些劫匪穩操勝券，但此刻他們都在火海中慘叫掙扎著，卻無法阻擋被大火吞噬的命運！

男人一改平常溫和的態度，冷眼看著這些人做出徒勞無功的掙扎。他的身後站著一頭巨大骨龍，正以保護姿態警戒著所有接近男人的人。

奧布里雖然年紀還小，可也能夠看得出男人的火焰並不尋常。身為受自然之力祝福的精靈族，奧布里感受到四周的生命氣息正被這些奇怪的黑色火焰吞噬。當這些火焰燃燒的範圍愈來愈大，奧布里甚至感受到一種令人不安的陰冷感。

是死氣！

難道這男人其實不是龍族，是魔族？

奧布里再次在心裡怒罵自己，為什麼不聽話乖乖留在森林裡，要出來送死呢？

他小心翼翼地退後，想把自己再次藏進行李堆中，但他的動靜卻被骨龍察覺到了，它迅速看往奧布里所在的方向。

雖然骨龍已經沒有了眼球，眼睛位置被兩團黑色魂火取代，不過奧布里能夠感覺得到，這頭骨龍絕對在看著自己！

男人也察覺到異樣，好奇地順著骨龍的視線上前察看，把藏在行李堆裡的奧布里抓小貓似地抓了出來：「哎呀，看看我找到了什麼。」

雖然男人的模樣看起來很和善，可是奧布里知道自己看到了對方最大的祕密，這人有很大機會會殺人滅口！

奧布里在死亡的威脅下瑟瑟發抖，嚇得說不出話來。

見他如此害怕，男人笑著安撫道：「放心吧，孩子，我不會殺你。」

說罷，他好像想起什麼有趣的事情般，露出了興致勃勃的笑容。

男人伸手摸了摸骨龍那光滑的骨頭，說道：「當年她心血來潮地放過一個孩子，才有了現在的我。那我也學學她那樣吧……孩子，希望你能夠讓我獲得樂趣，別讓我失望啊。」

思緒從回憶返回現實，奧布里成功逃出精靈森林的範圍，他喃喃自語地說道：「我不會讓你失望的。」

精靈族不知道奧布里利用河流爲捷徑，已經成功逃出了精靈森林，他們依然在努力搜捕著對方。

✦✧✦

然而隨著時間的流逝，眾人心知奧布里有很大機率已經離開森林的範圍，最終直至精靈女王下令停止搜索，已經是深夜時分了。

衛兵們又累又餓，連忙吃了頓遲來的晚飯，這才覺得活了過來。

事情之所以會發展得一發不可收拾，也是源於他們對奧布里的信任與輕敵，因此再苦他們都不會喊一聲累，而是堵著一口悶氣，滿心只想把人抓回來。

以往有多信任奧布里，在對方爲了逃跑選擇對同伴下毒、甚至還把綁匪滅口以後，這些衛兵便有多生氣與忌憚對方。

他們覺得以前的自己眞是鬼迷心竅，爲什麼會覺得奧布里是個溫和直爽的大好人呢？

到底是奧布里以往僞裝得太好，還是他們眞的太愚蠢了？

每每想到自己被奧布里耍得團團轉，眾人便感到一陣難堪。

於是不知不覺中，晚飯時刻便成爲了奧布里的聲討大會。

「我當年爲什麼不相信丹尼爾的說詞呢？他不只一次說過奧布里不懷好意地故意針對他，如果早有防備，便不會被奧布里騙這麼多年了。」說著說著，其中一個衛兵提及了丹尼爾的名字。

聽到這句話，四周的談話聲戛然而止，陷入了一片詭異的沉默。

現在回想起來，其實奧布里的行爲早早便出現了破綻——他對丹尼爾的惡意太大了，這足以戳破他的僞善。

可是那時候眾人已經被奧布里的假象欺騙許久，他用心經營的印象已在他們心裡根深柢固，無論有再多的不尋常，他們也對此視而不見。

他們漠視丹尼爾的警示，甚至以惡意揣度對方。

現在沒有了以往的濾鏡，仔細回憶起奧布里與丹尼爾的衝突，這才驚覺每一次都是奧布里主動招惹對方，然後在丹尼爾生氣時，再以一副無辜的模樣把一切包裝成意外。

想想當時大家與奧布里的關係好，因此都選擇偏袒對方，丹尼爾一定很孤立無援吧？只怕那時候丹尼爾難過的心情，比他們此刻感受到被奧布里背叛所受到的傷害更甚。

「我欠丹尼爾一句『對不起』。」一名衛兵感慨。他的話引起眾人紛紛附和。

「我也是！」

「我也……」

「幸好丹尼爾這次回來了，讓我們有機會向他道歉。」

「現在時間晚了，就別去打擾他，我們明天一起去向他道歉吧！」

見同伴們知道自己的錯誤後沒有逃避，而是想著該怎樣去彌補，傑瑞德感到很欣慰，於是說道：「如果你們眞的想補償丹尼爾，我有個主意。」

他的話引起了衛兵們的興趣，他們頓時興致勃勃地詢問傑瑞德有什麼好提議。

然而當傑瑞德把意見說出來後，眾人卻面有難色。

「時間上未必來得及了吧？」

「傑瑞德，你是要我們的命啊！」

「會猝死的！再不休息我絕對會猝死！」

雖然嘴巴上都在拚命抱怨，但當傑瑞德詢問有誰要加入時，卻沒有任何一個人退縮，全員通過了傑瑞德的提議。

這天不只精靈族，前來作客的艾德等人也是累得跟狗一樣。

最後他們還是無法安坐在宮殿休息，匆匆吃過晚飯後便外出幫忙了。

雖說事情發生在精靈森林，自有精靈族的人處理，作爲客人的他們安心休息就好，可他們還是無法做到袖手旁觀。

精靈女王勸了幾次未果，也就由著他們了。出了這種事，其實她也沒有什麼招待客人的心情，既然冒險者們願意幫忙，那她樂得不用招待他們，可以專心去處理這次的事件。

丹尼爾摩拳擦掌地加入了捉拿奧布里的行列，艾德為火災的傷者治療，其他人則選擇幫忙火災後的清理工作。

不得不說奧布里下手頗狠，他選擇了離居住地極近的地方放火，雖然疏散得及時，但不少居民仍被大火燒傷，更少不了逃離火場時的擦撞傷，以及吸入濃煙後造成的不適。

這些人雖然傷得不重，可是人數眾多，把艾德累得夠嗆的。

艾德治療完最後一個傷者後，已經累得連聖光也放不出來。他走到旁邊一處沒人的草地躺下，吹著清涼的夜風，因為疲倦而昏沉的腦袋這才清醒了些。

同樣很疲乏的雪糰飛到了艾德的胸口，把自己團成了一個羽毛團子便睡下。

其實自從有了大祭司的權杖後，雪糰的增幅作用已經對艾德沒有太大的幫助，只是每次艾德治療傷患時，雪糰依然堅持陪在艾德的身邊。

艾德伸出食指輕輕戳了雪糰蓬鬆起來的羽毛，小聲說道：「今天辛苦你了呢，好好休息吧！」

此時，艾德感覺到有人坐在了自己身邊，往旁看去，竟是外出追捕奧布里的丹尼爾。

艾德有些意外，他以爲對方還沒回來呢！

丹尼爾明明有潔癖，可是席地坐在草地上卻又不嫌髒，艾德覺得這點滿有趣的，該說精靈族不愧是森林之子嗎？

兩人相對無言了好一會，還是由艾德挑起了話題：「我聽說奧布里很有可能已經逃離森林了？」

丹尼爾道：「嗯，精靈女王已經派人離開森林進行追捕，但能夠把人抓回來的機會已經很渺茫了。」

艾德好奇地詢問：「你沒有跟著一起去嗎？」

想到丹尼爾與奧布里素來不和，更在對方手上吃過不少虧，艾德還以為丹尼爾不抓到對方誓不罷休呢！

丹尼爾一臉無言地道：「別忘了我還得看管著你，奧布里不及你重要。」

丹尼爾本就長得俊美，月色下更有著一種動人的魅力，再加上那句話聽起來實在太像情話，艾德不由得心頭跳快了兩下。

啊……眞是太犯規了！

明明性格不好，可是月下看美人，即使是丹尼爾也硬生生展現了優雅與脆弱的美麗啊！

見艾德不說話，丹尼爾挑了挑眉，諷刺道：「怎麼？最近對你不錯，就忘記了自己在被監管嗎？呵，愚蠢的人類。」

艾德吁了口氣，知道丹尼爾依然是那個惡劣的傢伙，他就安心了。

什麼優雅啊脆弱啊通通都是幻覺！

剛剛只是月色太美而已！

艾德豁達地說道：「被你們監管也不錯啊。原本因爲人類的身分，大家都對我不待見，可正因爲你們要監管我，所以我便有了同伴，不至於孤獨一人。」

丹尼爾有些訝異艾德會這麼說，這人明明孑然一身，還受到各種不公平的對待，然而卻總是笑了笑後便繼續往前走。那些悲傷與孤獨，彷彿永遠影響不到他似地。

丹尼爾很羨慕艾德這麼豁達，他也想要放下過去，因此成年後便離開了精靈森林，就是要與過去的自己訣別。

然而這次遇上奧布里後，丹尼爾才發現自己根本沒有做到。

他依然無法忘記奧布里對自己造成的傷害……不，也許讓丹尼爾耿耿於懷的，是族人對自己的不信任吧？

小時候丹尼爾一直在想，爲什麼被害的人是自己，可族人卻反而維護奧布里這個加害者？

因爲自己不會說漂亮話，所以才一直交不到朋友嗎？

還是因為自己是個混血，是流著家暴的人類父親那骯髒血液的雜種，所以才不受族人待見？

這個想法一浮現，丹尼爾便越發在意自己的人類血統。他總覺得別人都在有意無意地打量自己那奇怪的耳朵，既不像人類，又不像精靈。

即使離開精靈森林後，丹尼爾還是一直用斗篷遮擋住耳朵，其實他一直活在過去的陰影裡。

也許是回到精靈森林後發生了太多事情，又或者是因為身邊的人都有同樣被世界拒絕的經歷，這讓總是習慣把負面情緒埋藏在心裡的丹尼爾，有了想要傾訴的衝動：「你……是怎樣辦到的？」

面對艾德不解的注視，丹尼爾續道：「我無法忘記族人對我的疏離，好像我不論怎樣努力都無法融入他們。你也應該一樣吧？我們初次見面時場面絕不愉快，那時候就只有布倫特對你的態度不錯，連貝琳與埃蒙都對你有著不少的誤解。可你為什麼現在能夠像沒事人一樣，甚至還把他們視為好友？當時的懷疑就沒有對你造成任何傷害嗎？」

艾德聞言露出了意外的神情，他發現丹尼爾雖然在說他的事情，然而神情中卻少有地展露出了一絲脆弱。

於是艾德明白了，丹尼爾雖然在詢問他，但同時亦在質問自己。

丹尼爾心裡是想與族人和解的，可是卻一直無法釋懷，所以才想從我這裡找到答案吧？

艾德想了想，道：「我沒有忘記，只是把那些痛苦的事情丟到背後，不讓它一直影響我、傷害我而已。」

看丹尼爾似懂非懂的模樣，艾德解釋：「只要面向光明，那影子就只能夠被我甩在身後。我不會一直直面影子，那太痛苦了。然而這並不是要將這些黑暗忘記，我永遠記得它的存在，知道它總是如影隨形地尾隨著我。這些陰影是無法消滅的，它是我生存在這個世上的一部分。然而卻不代表我只能面對它們，而忽略了其他光明又溫暖的事物。」

丹尼爾聞言後若有所思。他想起這次回到精靈族以後，精靈女王總是找機會想多與他相處。明明是個不善言辭的人，可是她寧願與自己尷尬地相對無言，還是不想錯過相處的時光。

隨即丹尼爾又想起，其實不是所有族人都對自己冷淡的。相反地，在他回到精靈森林時，也是有很多族人微笑著對自己打招呼。可他卻因爲總在意著以往的傷害而封閉了內心，對他們非常冷淡。

雖然直到現在，丹尼爾依然覺得那些被奧布里虛僞模樣欺騙到的族人實在愚不可及，只是……他眞的應該繼續以現在這種態度，去面對那些對自己抱持著善意的人嗎？

也許，自己也應該像艾德一樣，舉步往前走了。

面向光明……嗎？

不愧是光明神教徒會說出來的話啊……

艾德長篇大論地說完一番話後，便頻頻打量著丹尼爾，想看看對方有沒有被自己說動。

然而丹尼爾的表情完全沒有改變，一點兒也看不出到底有沒有效果呀！

就在艾德思考著該不該試探一下丹尼爾的想法之際，丹尼爾已站了起來，拍拍身上的草屑說道：「我明白了，已經太晚，我先回去休息了。」

艾德下意識伸手作挽留狀，然而丹尼爾看也沒有多看他一眼，轉身便離開。

「啾？」艾德的動作令睡在他胸口的雪糰滾到草地上，牠睡眼惺忪地睜開眼睛，還未清醒的小腦袋仍弄不清楚發生了什麼事情。

看到圓滾滾的雪糰滾到地上，艾德嚇了一跳，連忙把牠抱起檢查了一番。結果雪糰竟然迷迷糊糊地又在掌心上睡了過去，艾德又無奈又好笑。

此時丹尼爾已經走遠，看著對方離去的方向，艾德搔了搔臉頰，疑惑地喃喃自語：「所以……我剛剛那番長篇大論，到底有沒有用處啊？」

# 10.
# 遲來的道歉

艾德帶著滿心的疑惑回到了居所，他本以爲自己心裡有事情記掛著會睡不好。

可也許是太累了，艾德剛躺上床不久便睡著，而且一夜無夢，比平常還要晚了一些才起床。

原本他們今天應該一早啟程，繼續往光柱所指引的目的地前進，然而昨晚得到了消息，獸族與龍族已經派使者前來精靈森林。

這些使者除了接回被綁架的孩子外，本還負責協同綁匪的審判，只是那些綁匪都死了，唯一存活的奧布里卻不知所蹤，因此審判只好暫緩。

冒險者們接下來的目的地在龍族領地，正好龍族使者不久就會到達精靈森林，龍族便讓冒險者們稍候使者到來，雙方同行好有個照應。

反正順路，眾人於是從善如流地應允下來，所以今天他們繼續待在精靈森林，等那位龍族使者抵達後再出發。

精靈女王深覺昨天沒有好好招待客人，誠心邀請了眾人前往宮殿一起吃早餐。

艾德這天起得較晚，來到餐桌時其他人已經在等他了。

「大家早安，抱歉我來遲了……丹尼爾？」艾德帶著雪糰匆忙趕來，邊走邊爲自己的遲到道歉，卻在看見丹尼爾的模樣後，整個人愣住了。

以往丹尼爾只要有外人在場，即使是室內，也會拉上斗篷帽，遮遮掩掩的樣子怎麼看都像個鬼祟的壞人。

而今天的丹尼爾雖然服裝沒變，卻沒有特意拉上了斗篷帽，一張俊臉坦坦蕩蕩地展露了出來。

同樣顯露出來的，還有他那雙與一般精靈不同的耳朵。

「艾德。」布倫特小聲叫住了艾德，並且搖了搖頭示意他別追問。

今早看到丹尼爾時，其他人也感到很驚訝，埃蒙更是好奇得不得了，連連追問丹尼爾怎麼了，結果被對方很不客氣地懟了回去。

別看丹尼爾這人做事大刺刺的，其實心思非常敏感。貝琳看出他不好意思了，連忙制止埃蒙繼續作死，丹尼爾的神情這才好看了些。

有了布倫特的提示，艾德也看出丹尼爾不喜歡他一驚一乍的態度，便裝作若無其事地前往自己的座位，以免對方惱羞成怒。

不過丹尼爾願意以毫無遮掩的面目示人，艾德是很爲他感到高興的。

即使藏住那雙耳朵，可難道在場的人便不知道他是個混血精靈嗎？何況讓別人知道這個身分又怎樣，本就沒有什麼大不了的事情。

最介意這「混血」身分的，其實正是丹尼爾自己。

艾德不知道丹尼爾願意踏出這一步，是不是因爲自己昨晚的開導，只是時機那麼剛好，他便認爲有自己的一份功勞吧？

「別一直在偷笑，很噁心啊！」丹尼爾受不了艾德那副傻笑的模樣。雖然他能夠想開，的確有艾德昨晚那番話的原因，但他可不會因爲這樣就對艾德另眼相看！

艾德連忙移開了視線，心想丹尼爾到底什麼時候才能夠不這麼彆扭？

精靈女王看著丹尼爾與同伴們的互動，心裡感到很欣慰。

在看到丹尼爾不再以斗篷遮擋容貌時，如果說這裡有誰感到最驚喜的，絕對是精靈女王莫屬。

她是親眼看著丹尼爾怎樣變得愈來愈沉默與沒自信，最後不再以混血精靈的模樣示人的。對於丹尼爾的出走，精靈女王當年很不贊同，認爲他只是在逃避，兩人還因此大吵了一場。

可現在，精靈女王卻很慶幸丹尼爾選擇了離開。他在外面開闊了視野，並且結識了志同道合的同伴後，成爲了更好的自己。

即使不在森林裡出生、即使離開了族中也沒關係，精靈森林的大門永遠會爲丹尼爾而開，他終究是流著精靈族血脈的森林之子。

看到變得開朗不少、總是盤踞在身上的陰霾也消散不少的丹尼爾，精靈女王不再執著要對方回到森林了。

以往她覺得讓丹尼爾回到精靈森林才是對他最好的安排。丹尼爾是王族血脈，他應該在森林裡獲得族人的擁戴，以及學習打理族中的事務。

可現在她卻驚覺，強硬阻止丹尼爾離開的這個做法，與當初她和妹妹爭吵時的情況何其相似！

將自己的想法強加在別人身上，強硬地要求對方依照自己的想法而活，這只會把重要的人愈推愈遠。

餐會結束後，精靈女王留下了丹尼爾聊聊天，卻破天荒地沒有再要求對方留在精靈森林了。

雖說雙方的關係依然有些僵硬，談不上和樂融融，但至少這次沒有不歡而散，這已經是他們近期私下相處中最爲和諧的一次了。

獸族與龍族非常重視那些被綁架的孩子，他們找來了剛好在精靈森林附近的族人當使者，馬不停蹄地趕了過來。

因此精靈森林的位置雖然偏遠，可艾德等人沒有等待太久，兩名使者便先後到來了。

獸族的使者是名嬌小的貂族獸人，那是個看起來年紀與貝琳差不多的女生。

然而埃蒙卻偷偷告訴艾德，別看對方長得嬌小又可愛，其實年紀比貝琳大得多了。而且這位使者非常聰明狡猾，要是看對方可愛而小看她的話，必定會吃上大虧。

這名貂族獸人是個商人，精靈族聯絡獸族時，她的商隊恰好距離精靈森林最近，於是獸王便派她來了。

身為商人的她非常懂人情世故，知道精靈族排外，便讓商隊的人停留在森林外圍，獨自一人前來。

獸族使者這番舉動果然獲得了精靈族的好感，再加上她巧言如簧，接了孩子後還順道與精靈族敲定了幾單生意，讓艾德歎為觀止。

至於龍族使者給人的感覺卻與獸族這位完全相反，那是個嚴肅的中年壯漢，看起來非常不好相處，而事實也的確如此。

這個名叫賽德里克的龍族總是一副傲氣的模樣，除了面對精靈女王與白色使者時會低下頭顱，對待其他人則簡直就像是以鼻孔看人。又自大又不好惹的形象，讓精靈族人敬而遠之。

就連對待布倫特這個同為龍族的族人，賽德里克也是這種高傲態度，完全沒有因爲對方是長老之子而客氣幾分。

想到接下來要與這種個性的人同行一段時間，艾德等人都是一臉不願。特別是埃蒙，他最怕這種類型了！

布倫特向同伴們解釋：「賽德里克的輩分長我一輩，他的弟弟是龍族長老之一，因此比較傲氣，難免有些難相處。」

眾人：「……」

明白了。意思是這人輩分高，地位也高，而且不是好相處的，你們沒事別惹他。

值得一提的是，獸族與龍族使者接回孩子時，場面也非常有意思。

獸族的孩子看到族人來接他們，都歡快地迎了上去，還可憐兮兮地發出幼崽特有的撒嬌與嗚咽聲，那副委屈的小模樣眞是心疼死獸族使者了。

她連忙抱抱這個、抱抱那個，逐個孩子輪流安慰。

龍族這邊的氣氛則完全相反，賽德里克一手抓住幼龍的翅膀，滿臉嫌棄地責罵：「丟人現眼的東西！」

翅膀被抓住飛不起來，可幼龍依然很凶猛地吼叫著，並一直試圖扭過頭來噬咬賽德里克的手。

最後還是布倫特看不過去，使用龍威壓制幼龍，把安靜下來的他抱到懷裡，結束這場鬥爭。

賽德里克原本還打算好好教訓一下這頭不知天高地厚的幼龍，誰知布倫特搶在他出手之前把幼龍抱走，猜不準布倫特到底是故意的還是只是巧合，賽德里克也不好發作，只能不爽地冷哼了聲。

之前布倫特動不動便用龍威壓制幼龍，艾德還覺得幼龍有些可憐，然而有比較有傷害，賽德里克那種像是戲耍著低賤生物的態度讓艾德感到很不舒服。布倫特雖然因爲安全問題一直壓制幼龍，但至少態度是尊重與愛護的。

這讓艾德對賽德里克這人心生了不喜，加上這人眞的很難相處，冒險者這邊又有個沉不住氣的丹尼爾……只希望前往龍族的路途中，雙方別爆發任何衝突就好。

與龍族使者成功會合後，冒險者們便收拾行李，準備繼續旅程了。

這次進入精靈森林後還獲得了生命之樹的幫助，艾德在離開前找上了諾亞，希望能夠親自向生命之樹告別。

此時精靈族的氣氛依然有些緊張，但在諾亞的陪同下，艾德還是暢通無阻地來到了生命之樹所在的禁地。

艾德他們才剛接近，生命之樹便感應到了，並化爲人形現身於他們面前。

生命之樹還以爲艾德過來是有所求，誰知道對方只是來告別的，還不忘再次向自己表達謝意。艾德一雙紫藍色的眼眸非常眞誠，生命之樹恍然間好像看到了一雙相似的眼睛……

「不得不說，你與你的祖先眞的非常相似。」

聽到生命之樹的感慨，艾德愣了愣，隨即想到對方所說的，大概便是那位有著精靈族血脈、讓生命之樹對他另眼相看的祖先吧？

艾德好奇地詢問：「那是個怎樣的人呢？」

生命之樹沉默半晌，道：「是個很溫柔的人，你們的眼睛非常相似。」

說罷，不待艾德追問，生命之樹便岔開了話題：「在應允你的召喚時，我感受到你的靈魂有所缺失，你多注意一下。」

靈魂缺失可不是小事，艾德聞言後一臉震驚。

生命之樹感到很無語：「難道你之前完全沒有察覺到？這麼大的事情，你可長點心吧！」

艾德想說這完全沒有預兆啊，誰知道自己的靈魂是什麼狀況？

可隨即他的腦海中閃過安德烈曾經對自己的告誡：記憶與靈魂是相通的。

正因如此，當年他想不起那枚與邪教有關的徽章到底在哪看過時，安德烈才再三告誡著自己別試圖操弄記憶，以免因此影響到靈魂。

所以，自己的靈魂缺失，真的沒有任何徵兆嗎？

不是的。

自甦醒過來後，他便知道自己失去了不少記憶。這次的旅程，也是爲了取回記憶而進行。

難道他之所以失憶，是因爲缺失了部分靈魂嗎？

雖然這不是小事，可現在再想也想不出所以然。艾德把這事情記在心裡，打算往後再好好研究一番。

聽到艾德再次道謝，生命之樹不在意地揮了揮手，道：「只是提醒你一句而已，倒不用這麼鄭重，沒事的話你便離開吧。」

生命之樹消散了身影，艾德也轉身離開，然而他才剛走了兩步便停下來，臉上滿是猶豫的神情，似乎想要回頭再說什麼。

就在艾德猶豫之際，他聽到了不遠處傳來埃蒙呼喚自己的聲音：「艾德？」

艾德看過去，見到原本應該在整理行裝準備出發的眾人，在傑瑞德的帶領下，向他迎面走來。

看到傑瑞德臉上的黑眼圈時，艾德被他累壞的模樣嚇了一跳。

因爲奧布里出走的緣故嗎？

衛兵們似乎昨晚都不好過啊……

埃蒙快步上前，好奇地詢問艾德：「原來你在這裡，難怪我們剛剛找不到你。你在這裡幹什麼？」

艾德回答：「之前承蒙生命之樹的關照，我特意前來向祂告辭。你們呢？過來這邊是有什麼事情嗎？該不會特地來找我的吧？」

然而埃蒙卻是一臉毫無頭緒地說道：「是傑瑞德說要帶丹尼爾去一處地方，我們的行李都收拾好了，反正沒什麼事情便一起過去。傑瑞德沒有拒絕我們同行，只是詢問他要去哪裡時，他卻什麼也不肯說，滿神祕的。」

聽到埃蒙這麼說，艾德也被勾起了興趣，於是加入了眾人的行列，跟隨大家一起去看看。

傑瑞德能夠看出艾德他們是故意的，大概是擔心他會欺負丹尼爾吧？

他感到很無奈，弄得好像他會把丹尼爾騙到人跡罕至的地方毒打似地。然而重點是，自己未必打得過丹尼爾啊！

雖然覺得無奈，還因爲旁觀的人愈來愈多而有些尷尬，可傑瑞德也因爲丹尼爾有了這些眞心對待他的好友而爲他高興。

尷尬便尷尬吧！誤會了丹尼爾這麼多年，就當是給自己的教訓了。

在傑瑞德的帶領下，眾人離開生命之樹的所在地，很快來到了此行的目的地——那個放置少年軍紀念雕像的廣場。

看到他們的目的地是這裡，丹尼爾眼中閃過一絲冷意。他對這座廣場有著很不好的回憶，要不是傑瑞德素來對他態度不錯，只怕丹尼爾轉身就走。

廣場裡早有不少人在等待著他們，仔細一看，除了逃跑的奧布里以外，所有少年軍的成員竟然全都在場。

當年的少年長大了，大部分都成爲精靈族的衛兵，繼續肩負保衛家園的責任。也不知道是不是大家昨晚忙翻了，全都掛著濃濃的黑眼圈，一副下一秒就會昏倒的模樣。

丹尼爾：「……」

現在衛兵的工作，都這麼爆肝的嗎？

參與搜捕的工作雖然很忙，但……不至於吧？

傑瑞德走到同伴們身邊，假咳了聲引起丹尼爾的注意後，便作爲代表說道：

「自從知道奧布里的眞面目後，我們一直想向你道歉。現在回想起來，從小奧布里就一直針對你，可我們卻沒有察覺到，甚至還成爲了他的幫凶。抱歉，丹尼爾，讓你受委屈了。」

丹尼爾很震驚，突如其來的理解與道歉讓他不知所措。

他本以爲自己離開了精靈森林這麼久，已經不再在乎族人是怎樣看待自己。

然而聽到傑瑞德的道歉時，丹尼爾這才驚覺他其實還是在乎的，同時心裡還無法控制地生起了委屈的情緒。

你們怎麼不早些發現呢？

要是你們能夠早些察覺到的話……

也許我們已經是朋友了。

小時候的丹尼爾，是多麼希望有人能夠理解自己啊！

丹尼爾此刻的心情很複雜，心裡對這遲來的道歉感到惋惜，又覺得有些釋然。

無論如何，對方願意鄭重向自己表達出歉意，這份心意還是讓他感到很高興。

見丹尼爾默不作聲，衛兵們誤以爲對方不願意原諒，於是他們對望一眼後，不約而同地散了開去，露出了一直被他們身體遮擋住的事物。

那是一尊雕像，與其他雕像略有不同的是，雖然使用的是同一種岩石，但這嶄新的雕像卻比旁邊的同伴雪白多了。

雕像有些細節還未完工，但已能清楚看到雕刻的形象。那是一個長相俊美、手持弓箭的少年。他表情堅定地遙望遠方，彷彿無論出現怎樣強大的敵人，這少年也會勇敢無畏地迎敵。

丹尼爾震驚地看著雕像，這雕像，正是少年軍時期的自己！

傑瑞德說道：「這尊雕像是大家合力製作出來的，其實我們早該這樣做了，你明明是少年軍的一員，這是你應得的榮耀。」

丹尼爾難以置信地詢問：「你們一夜之間趕製出來的？」

傑瑞德點了點頭，道：「雖然還有些地方未完成，但我們還是希望能夠在你離開以前讓你看到。」

難怪他們全都呈現一副身體被掏空的模樣，為了趕製這座雕像，只怕他們整晚都沒有睡，還一直合力進行雕刻的工作吧？

屬於丹尼爾的雕像位於接近中間的位置，完美融入了少年軍之中，彷彿從一開始便在這裡一樣。

可丹尼爾卻知道並不是，他覺得自己整個人像被割裂開來似地，眼前明明是和樂融融的場面，耳邊卻浮現出奧布里的聲音。

「丹尼爾不算正式的精靈族人，為他設立雕像沒關係嗎？」

「抱歉，我這麼說沒有惡意，只是這不合規矩。」

「丹尼爾，你覺得呢？要是你很想設置自己的雕像，也不是不能通融啦！」

「既然丹尼爾說讓我們看著辦，也就是不介意吧？」

於是所有少年軍都擁有自己的雕像，就只有丹尼爾沒有。

自從廣場設立了這些雕像後，丹尼爾總是特意避開這個區域。爲了避免路過，他寧可繞道多走些路。

這並不是如奧布里所說的小氣記仇，只是因爲每次看見這些雕像，丹尼爾都會感到很難過而已。

而現在，在當初的少年軍成員誠心誠意地道歉、在他們連夜爲自己趕製了一座雕像後，丹尼爾忽然發現自己正視這些雕像時已經不再感到難受。

雖然曾經受到了傷害，但這些年輕的族人們以滿滿的眞誠努力塡補起丹尼爾內心的空洞。

看著一張張凝望著自己、充滿了期待的臉龐，丹尼爾張了張嘴，性格彆扭的他說不出太過感性的話，只是難爲情地說道：「那你們要好好把這座雕像完成，下次回來森林的時候，我會去看的。」

雖然丹尼爾說得拘謹，但傑瑞德能聽得出來這算是接受了他們道歉的意思，頓時露出爽朗的笑容：「嗯，我們會好好完成，你絕對會喜歡的！」

冒險者們要離開時，有不少精靈族人都前來送行。

精靈們熱情地送了不少精靈森林的特產給他們，就連一向討厭熱鬧的諾亞也沒有選擇隱身，僵著臉在人群中與這些新認識的友人告別。

精靈女王拍了拍丹尼爾肩膀，千言萬語只化作了一句：「好好幹，注意安全。」

丹尼爾點了點頭：「我會的。」

兩人雖然沒有說太多的話，然而氣氛已沒有以往的僵硬，總算有些親人間應有的溫度了。

讓人驚訝的是，就在冒險者一行人要離去之際，生命之樹竟在艾德面前顯現了身影：「之前你到底有什麼想跟我說，現在是最後機會了。」

艾德聞言瞪大了雙目，想不到生命之樹察覺到他當時的猶豫與掙扎，而且還特意前來詢問。

原本艾德打算把那個想法藏在心裡，可既然對方都特意前來詢問了，艾德想了想，還是決定遵從心裡的渴望：「我有一個不情之請……」

深深吸了口氣，艾德續道：「請問……您可以脫下面具，讓我看看您的臉嗎？」

生命之樹沉默半晌，沒有詢問艾德請求自己這麼做的原因，直接伸手脫下了面具。

艾德盯著眼前這張熟悉的臉，彷彿要把對方的容貌刻在心底似地。良久，他才釋然地說道：「可以了，謝謝您。」

雖然艾德在微笑，眾人卻感覺到他的內心在哭泣。布倫特忍不住詢問：「這樣就可以了嗎？」

他還以爲，艾德至少會要求一個擁抱。

一個來自……與他皇兄長相一樣的人的擁抱。

艾德卻頷首道：「嗯，這樣就可以了。」

他清楚知道眼前的人並不是安德烈，他只是……只是忍不住想再一次看看兄長的容貌而已。

就像他對丹尼爾說的一樣。

他會把懷念放在心底，如影隨形，卻不會因此而停下前行的腳步。

艾德微笑著對精靈族的眾人揮了揮手，隨即轉身，繼續往下一個目的地前進。

《光之祭司　06精靈的藏書館》完

# 後記

大家好！寫這篇後記時天氣好冷啊！不知道大家看後記的時候，氣溫有沒有變得暖和了一些？

最近家裡進行翻新，家具什麼的全部換新，對我來說眞的是一個不得了的大工程啊！

這一個月以來，處於工程噪音與三不五時沒有電與網路的狀態。有想過暫時搬出去，可是家裡的小動物難以帶走……

現在超級怕噪音的Milk，已經從一開始的驚恐狀態變成麻木狀了XD

因爲要換家具，因此所有物件都須打包放好。看著那疊起來高至天花板的紙箱，眞的很震驚我的房間先前竟然能容納這麼多東西！

爲了減輕搬運的工作只能斷捨離，在進行了一番艱難的取捨後，丟棄與回收了非常多的物品，連在環保回收站工作的員工都認得我啦。

雖然很捨不得那些買的時候很貴，又或者覺得不算很舊的東西。但只要想想這三年內都沒有使用，往後再使用的機率也不高，最後我還是會忍痛丟棄。

這狀況讓我有點感慨，以後買東西時，都會先在心裡確定自己「眞的很需要／喜歡」才購買。

接下來與大家聊聊小說的內容，還沒看的各位請先翻回前面內文，以免被劇透喔！

相信一直有追看《光之祭司》的大家，一定非常想知道那個在邪教發現的徽章，是不是屬於其他種族的東西。

如果是的話，那徽章的主人又是誰？

在這一集的回憶部分，有那位幕後之人的相關描述喔！

雖然還沒有公開他的名字，但提示超級明顯的，相信他的身分應該已經呼之欲出了。

不知道大家有沒有猜到他是誰呢？嘿嘿！

不知不覺二〇二一年便要結束了。

這一年大家有訂下什麼目標嗎？不知道完成了沒？

回顧一下我今年的工作，都是圍繞著這本《光之祭司》的寫作。

希望下年能夠有更多元的創作，多挑戰一些不同的題材，不知道大家想看哪些類型的作品呢？

很多在鮮文學網時期一起進行創作的朋友，已經因爲收入與前景等各方面的因素放棄了寫作。

這讓我也產生了一些迷茫，最近都在反思相關的問題。

雖然不知道將來會如何，但能夠當作者對我來說是個難得的體驗，還是不想輕易放棄吧。

希望新的一年也能夠爲大家帶來有趣的作品，愛你們唷！

香草

【下集預告】

# ✦光之祭司✦

傳說，人類打開了魔界之門，
不僅召喚出恐怖魔物、得罪所有種族，更滅亡了自己，
這片魔法大陸上，從此一人不剩……

千防萬防，最難防範的就是近在身旁的人們。
那人不懷好意的心思逐漸膨脹，
帶著殺意的手已悄悄伸向了艾德，令人無法回避！

攻克魔族的事情終於漸露曙光，
人類滅亡的眞相卻更加撲朔迷離。
此時若是失去了「光之祭司」，眾人又該何去何從……

老好人的　痞氣的　很不獸族的　溫柔又矜持的
龍族隊長＋精靈弓箭手＋獸族殺手＋人族「全民公敵」
魔法大陸的問題，可不僅僅只有魔物啊！

---

## *VOL.7〈隱藏在身邊的殺意〉*

***～2022年春，敬請期待～***

國家圖書館出版品預行編目資料

光之祭司 / 香草 著.
——初版. ——台北市：魔豆文化出版：蓋亞文化發行，2021.12
冊； 公分.（Fresh；FS190）
ISBN 978-986-06010-6-0（第六冊：平裝）
857.7 109020680

fresh FS190

# 光之祭司 6

作　者　香草
插　畫　阿蟬
封面設計　克里斯
總 編 輯　黃致雲
發 行 人　陳常智
出 版 社　魔豆文化有限公司
發　行　蓋亞文化有限公司
地址：台北市103承德路二段75巷35號1樓
電話：02-2558-5438　傳眞：02-2558-5439
電子信箱：gaea@gaeabooks.com.tw
投稿信箱：editor@gaeabooks.com.tw
郵撥帳號 19769541　戶名：蓋亞文化有限公司
法律顧問　宇達經貿法律事務所
總 經 銷　聯合發行股份有限公司
地址：新北市新店區寶橋路二三五巷六弄六號二樓
電話：02-2917-8022　傳眞：02-2915-6275
港澳地區　一代匯集
地址：九龍旺角塘尾道64號龍駒企業大廈10樓B&D室
電話：+852-2783-8102　傳眞：+852-2396-0050
初版一刷　2021年 12月
定　價　新台幣 199 元
Published and printed in Taiwan

ISBN 978-986-06010-6-0

魔豆

魔豆